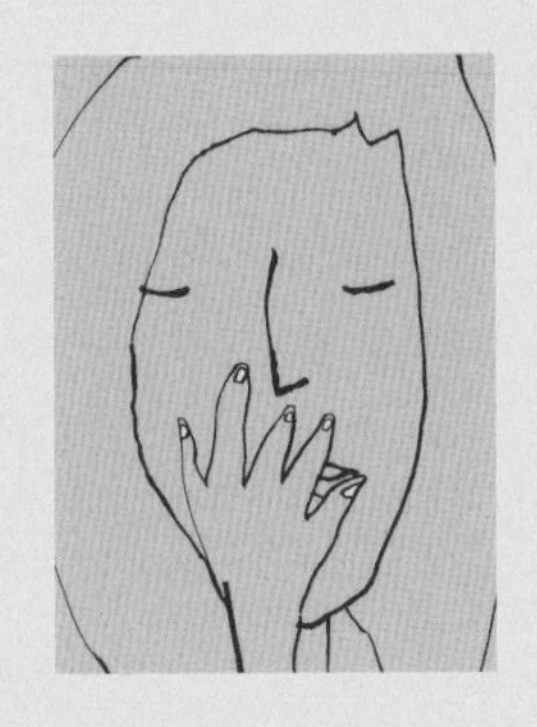

女であるだけで

Chéen tumeen x ch'uupen | Sólo por ser mujer

ソル・ケー・モオ

Sol Ceh Moo

吉田栄人 訳

国書刊行会

目次

主な登場人物……………………………………

オノリーナ・カデナ・ガルシーア
本作の主人公。チアパス州出身マヤ系ツォツィル先住民。
夫フロレンシオ殺害のかどで有罪判決を受け服役している。

フロレンシオ・ルネス・コタ
妻オノリーナに日常的に暴力を振るっていた夫。
チアパス州出身マヤ系ツォツィル先住民。オノリーナの突きだしたナイフで命を落とす。

◉法廷関係者

ガスパル・アルクーディア・カブレラ
恩赦前のオノリーナに禁固二十年を言い渡した判事。ドン・ガスパル。

デリア・カスティージョ・ガルマ
オノリーナの弁護人を務める新米の女性弁護士。

アントニオ・カスティージョ・イ・シルベイラ
デリアの父。御用弁護士。かつてガスパル判事と仕事をしたこともある。

デリア・ガルマ・ビナヘラ
デリアの母。アントニオの妻。人権派弁護士。

◉その他

アナスタシオ・ルネス
フロレンシオの父。伝統治療師。酒を覚えた十四歳のフロレンシオを勘当した。

ドニャ・ナタシア
フロレンシオの母。

エウフェミオ
バナナ・プランテーションの労働者。フロレンシオを怒らせて殺される。

エリーアス
オノリーナの子ども。トマシートの二つ歳上の兄。

トマシート（トマス）
オノリーナの子ども。エリーアスの弟。

ティバ・コブ（プリミティバ・コブ）
シュトゥヒル村に住む、オノリーナに親切にしてくれるユカタン・マヤの先住民女性。ドニャ・ティバ。

ニコラス
ティバ・コブの夫。

ベントゥラ・メドラーノ
シュトゥヒル村の村長。フロレンシオに仕事を与える。

女であるだけで

I

午後の五時になろうとしていた。それは三月最後の週の金曜日のことだ。オノリーナ・カデナ・ガルシーアは生まれてから二度目となる自由の風を頬で感じていた。その日は明け方からかなり長い間、小雨が断続的に降っていた。空から降ってくる雨で即座に濡れることはなかったが、何も被らずに外を歩いていると、服が次第に湿り、体に張り付いてくる。コンクリート製の屋根に錆びたトタンを被せた州の刑務所の女性棟でも、風に流された雨がその屋根に当たって少し調子外れの音を立てている。だが、いかなる事情であれ、収監された者たちにとって、その音は自分がまだ生きていることを確認するのに役立つ以外は、取るに足らないものだ。朝方の間は小雨のおかげで涼しかったが、太陽が地平線を離れ高く上りだすと、その分だけ余計に、湿り気は段々と不快な蒸し暑さへと変わった。午後のあの時間、思いやりひとつ恵んではくれない、湿り気を含んだ暑さに包まれた刑務所の長い廊下を、彼女は自由へと向かって歩いた。朝方の涼しさはその見返りとして、弁済困難な途方もない額を要求しているかのようだ。猛烈な熱気で辺りは息苦しく、体中から玉のような、塩分を大量に含んだべとべとした汗が噴き出してくる。その汗で腋の下や股間が蒸れ、不快であるばかりか、体は思うように動かない。

オノリーナはその日のことをきっと細部に至るまで忘れないだろう。だが、それは必ずしも、長期に及んだ懲役から解放され、自由の身となったからではない。そもそも彼女の立場からすれば、獄中生活が終わりを迎えたからといって、彼女の人生にとって何か特別な意味がある訳ではない。それは、記憶における道標のように、自分の人生における分岐点を示すための一つの出来事にすぎない。彼女にとって刑務所を後にすることは、普通に生きることさえ困難な生活に戻ることを意味する。すなわち、食べる物もなく、子供たちが泣き喚くのに耐え、遠い井戸まで水を汲みに行き、そしてとりわけ、まっとうな方法で日々の生活費を稼ぐために仕事を見つけねばならないという、いずれも一筋縄ではいかない困難が彼女を待ち受けているだけなのだ。

やりかけのこと、あるいは早速とりかからねばならないことは山ほどあったが、全てを整理し直す気にはならなかった。これからの生活を考えた時、心配しないでいいことが一つだけあった。それはフロレンシオ・ルネス・コタから叩かれたり、殴られたり、さらには様々な屈辱を受けたりするようなことはもう二度とないということだ。彼女は、通常の人間にはとても耐えられないような、しかもそんなひどい仕打ちを受ける人間がいるとは誰にも思いつかないような不幸を、その男のせいでずっと背負わされてきたのだ。

朝方雨が降り、その後蒸し暑くなったあの日、女はしっかりとした足取りで、特に慌てることもなく刑務所の出口へ向かって歩いた。歩いていると、近くの教会の時間を知らせる鐘の音が聞こえた。収監されている間、彼女はその鐘の音に、外の世界のことをよく思い起こさせられたものだ。打ち鳴らされた鐘の回数から計算すると、裁判所二等書記官が彼女の元にやって来たのはちょうど八時間前のことになる。朝方降っていた雨で濡れたらしい、小柄で半分ほど頭の禿げたその男は、髪の毛が薄くなった部分についた水をハンカチで拭きながら、彼女のいる独房にやって来た。そして、彼女に向かって州知事が恩赦を認めたことを伝えた。彼女は五年に及んだ刑務所暮らしによって失われた元の生活に再び戻ることになったのだ。小男は、告知されたばかりの政令に従って彼女が完全な自由の身として刑務所を出所するのに必要な手続きの方法を、彼女に説明した。書類にサインをさせると、あとは特に何もないので、夕方までには完全な自由になれるはずだと言った。役人は機械的に、頑張ってくださいと言った。そしてさらに念を押すように一言付け加えた。これで彼女はもう刑務所を出たも同然だが、何の条件も付かずに以前の生活に戻れるのは、あくまで特赦としてであって、殺人という罪状に対してガスパル・アルクーディア・カブレラ判事が二十年の禁固刑を言い渡した事実が消えるわけではないと言うのだ。彼女は恩赦の知らせを平然と受け止めた。夫を殺したことへの懲罰として刑務所に収監されていたわけだが、そこから出られることを知らされても、何の喜びも湧かなかった。自分を救い出すために弁護士たちがやっていること、またそのために恩赦の請願書が州政府に対して出されていることは知っていた。最初のうちは、三文弁護士たちがそうした手段で自分を自由の身にしようとしていることに対して抵抗感があった。だが、刑務所を出て自分の生活に戻れるようになることの大切さを説かれるうちに、少しずつそれを受け入れる気持ちになっていった。

「なにはともあれ、もしあたしが村に帰ることを許されることがあれば、あいつは人殺しだ、なんて誰にも言ってほしくない。それがあたしの望みです。だって、あたしの家族は貧しいけど、ずっと真っ正直に生きてきたんです」自分の弁護を務める人権委員会の弁護士たちに向かって彼女はそう言った。

彼女の願いを叶えることがどれだけ難しいことか、弁護士たちは女に説明しようとした。特に恩赦についてはその適用範囲について詳しく説明した。「恩赦というのは判決の適用を赦免しようとするものです。あなたが有罪判決を受けることになった犯罪は検証が終わって結審したものので、すでに判決も出てしまっている」法的な扱いが自分の思った通りにならないことに彼女は激しく苛立った。彼女は髪を掻きむしりながら、弁護士たちを睨みつけた。実際のところ、彼女はよく理解できなかったのだが、その無知のままに、理解を拒み続けた。ただ、彼女がどんな振る舞いをしようと、弁護士たちは同じ説明と回答を繰り返すだけだった。彼らが意図しているものの法的範囲を簡単な言葉に置き換えるだけの説明に終始した。

「どれだけ話を聞いても、あたしには理解できない。分からないよ。許すことができるんなら、なんで完全に許すことができないの？　許してもらうのに、なんであたしはいつまでも犯罪者だってことになるの？　中途半端な許しなんて、あたしはいらないっ。許しは愛と同じで、あげるんだったら、ちゃんとしたものじゃなきゃだめ。中途半端のなんか、意味がないっ」彼女は激高してそう叫ぶのだった。

新米弁護士のデリア・カスティージョ・ガルマは名門弁護士の家に生まれたこともあり、州知事に対して、オノリーナの件をよく検証した上で、州憲法が知事に認めている特権を最大限に行使してくれるよう説得に赴く役を仰せつかっていた。オノリーナにとってこの女性弁護士は奇妙な存在だった。彼女はこの弁護士を頭のてっぺんからつま先までよく眺め回した。大学を卒業したばかりだというその弁護士は軽妙な言葉使いに合わせて華奢な手をよく振った。説明の仕方は簡潔にして明快だった。おかげでオノリーナは、自分の弁護で使われる込み入った法律用語が理解できるようになった。この弁護士の手にかかると、法律の専門用語はまるで大衆料理の調理法を説明するための語彙に変化するかのようだった。当然彼女の理解の及ぶ範囲内でのことだが、この若き弁護士が自ら代表を務める弁護団の戦略について説明してくれたことで、みんなが自分のために一体何をしようとしているのか、彼女はようやく理解できた。

「あんたの好きにすればいいよ。あたしは中にいたって外に出たって、結局同じなんだ。あたしを外に出すことであんたが幸せになれるんだったら、出してもらって構わない。所詮、夜と雨が降る時以外、空はいつも青いんだ」納得した彼女はそう言った。

彼女にはもう一つ、記憶を辿るときに重要な手がかりとなるであろう、決して忘れられないことがあった。それは朝方に雨が降ったあの日の前の夜に見た夢の中の出来事だ。彼女は夢の中で、湿った土の匂いのする細い道を歩いていた。素足には、いい匂いのする湿った土の心地よい感触が伝わってきた。歩き出してから間もなくして、体が軽くなり、ふわふわしていることに気がついた。すぐに体はぐらぐらしだした。体から重みがなくなってしまったらしく、重力から解放された体は地面から離れて浮いてしまう。ほんの少し地面を蹴るだけで大きな距離を跳ぶことができた。そのうち、ほとんど飛んでいるのと同じ状態にまでなった。高くまで上がると、眼下に広がる長い道の両脇に生えている木々の梢がよく見える。足の筋肉に力を入れて跳ねると、勢いがついて、思いがけないくらい高くまで跳べた。そうした大きなジャンプを繰り返すうちに体の使い方にも慣れ、自分の思い通りに高くまで跳ぶことができるようになった。うまく跳ぶための秘訣は腕の使い方だった。腕は空中でバランスを取るための舵だった。木の上を跳んでいるときが特に楽しかった。足の下に広がる光景が目に入ると、笑みがこぼれた。飛んでいる間のスピードが調節できないか、腕を鳩の羽のようにばたつかせてみた。やがて、生い茂った草藪を見つけて、そこにゆっくりと足を下ろすこともできるようになった。夢の中で自由自在に空を飛べるようになると、乾いた喉を癒やしてくれる、あの透明で爽やかな水が歌うように音を立てて流れる川の方へ向かった。椅子に座って夢を見ていた彼女はその時、子供時代を過ごした、はるか遠くのチャムーラ地方まで旅をしていた。そこには高い山々が連なり、松と樅の木の林からは、えも言われぬいい匂いが立ち上ってくる。山の合間にはざっくり切り取られたような深い渓谷があり、柔らかく包み込む綿毛のような冷たい霧がそこから立ち上っている。郷愁を掻き立てられた彼女は、自分が生まれ育った家を探した。心当たりのある場所をくまなく探したが、見つからない。もう一度回ってみるが、どこをどう探しても見つけられない。自分がかつて住んでいた家が見つからないことにがっかりした彼女は、不安を打ち消そうとしばらくの間、目を閉じた。目を開けると、目の前の景色は一変していた。やはり夢の中なのだが、今度は見渡す限り隆起したもののひとつない石灰質の平原が広がっている。彼女はその光景を見て、自分の人生で一番辛（つら）かったのは、やはりなんと言っても、生まれた寒冷な土地を出て、石で覆われたようなこの土地に暮らさなければならなくなったことのように思えた。そこでは太陽が容赦なく照りつけ、しかもそこに暮らす人間は、見ただけでも悲しくなり、目を覆いたくなるような石灰質の地肌の割れ目にわずかに溜まった土を耕して生きているのだ。彼女は親戚一人いない、そんな遠い場所で暮らすことに結局馴染めなかった。しかも、あらゆる不幸がのしかかっているにもかかわらず、彼女はそこから逃げ出す勇気がどうしても出なかった。だから、そうした光景を見ると、自分の辛い過去が蘇り、絶望感しか湧かないのだが、興味本位でその平原の上を飛んでみることにした。最後までよそ者としてしか暮らせなかった村の方へ向かう。よそ者であることは決して自分で望んだ訳ではない。努力はしたのだが、どれだけ頑張ってみても、そこに暮らす人々の生活に完全に溶け込むことはできなかったのだ。村の人たちにとって彼女はつねに違う人間であり、また彼女にとってもやはり彼らは違う人間だった。村の生活に関わろうとすると、習慣や言葉の違いが越えられない壁として立ちはだかる。村人との交流は必要最低限のものに限定された。空から村を見ていると、金持ち連中の暮らす家の華やかな屋根がまず目に入った。そのうち、貧乏人が暮らすみすぼらしい家屋も見えてきた。思えば、下に見えるあそこの道にはいつも大きな穴が開いていた。むき出しの背骨のように平原を貫いている、木が生えていないあの場所は鉄道の線路だ。鐘のないみすぼらしい教会や、もの悲しい家の上に何かの飾りのように載っている、もう使えなくなった古い給水用のタンクがいくつも見える。村外れには、腐りかけた柱でなんとか持ちこたえているみすぼらしいバラックがあった。打ち捨てられ、もはや誰も住んでいないことがあちこちから窺える。家の温もりが全く感じられない、殺伐としたその村を空から眺めていると、彼女は心臓を激しく締め付けられるような気がした。その寒村にいる時に自分の身に降りかかった様々な不幸の記憶が蘇ってくるのだ。村を離れようと、向きを変え、元の場所へ戻ろうとすると、コロイド状になった深い霧に包まれた荒野の真ん中に、友人でもあり自分の弁護人でもあるデリア・カスティージョが立っているのが目に入った。夢の中では自由自在に地上に降りられるようになっていた彼女は、涼しげに暖かな笑みを浮かべる弁護士の前に降り立った。「待ってたのよ」と弁護士が優しい言葉をかけるので、彼女は驚いた。いままでどこに隠れていたのだろうというような勇気を振り絞って、恐怖心を払いのけると、彼女は初めて自信に満ちた様子で顔を上げ、臆することなく弁護士の目を真正面から見た。だが、尊大な態度をとったことに自分自身動揺したのか、彼女は夢から覚めた。ちっぽけな、何の価値もない自分にできるはずもないようなことを図らずもしてしまったことが恥ずかしくなり、目が覚めたのだ。我に返って、やっと一息つくことができた。彼女は思わず、胸いっぱいに息を吸った。

オノリーナは後になって、ある驚くべき事実を知った。弁護士は彼女の法的救済を我が事のように考えてくれていた。彼女は立場もわきまえずに、その女性と自分とを比較してしまったのだ。オノリーナは自分を、ちっぽけな、無知で、卑しくて、何のとりえもない貧乏な女だと思っていた。それに引き換え、自分の弁護士は幸せになるための条件をすべて満たしている。「なんであたしには同じチャンスが与えられなかったの?」こんなことを思うこと自体、彼女には切なかった。答えが明らかである以上、この問いは自分の胸をえぐり、感情を掻きむしるだけだ。嫉妬の炎が体の中で燃え上がった。彼女は何度も両手で顔を覆った。頭の中では様々な思いがよぎるのだが、どれひとつとして納得の行く答えには繋がらない。自分で立てた問いでありながら、答えを探すことにもうんざりし、疲れ果て、ついには諦めてしまった。「仕方ない。答えなんか出るわけない。大事なのは疑問を抱くことなんだ」自分にそう言い聞かせると、踏ん切りをつけるかのように言った。「二人とも木でできているけど、彼女の木は上等で、あたしのは並も並。つまり、私たちは生まれた階級が違うってことなんだ」それが彼女の下した、自分と弁護士の違いに関する結論だった。

裁判という制度において人々が懲役刑に期待することは、犯した罪への懲罰として収監されることであるはずだ。だが、こうした考えは短絡すぎる。オノリーナの場合は全く反対だった。彼女にとって、刑務所は生まれて初めて字の読み書きを真剣に学ぶ場となった。入所したとき、彼女は字が読めなかった。スペイン語に関して言えば、商売をするのに必要な単語を知っているだけで、普段の会話は込み入ったことになると駄目だった。しかも、何らかのプレッシャーがかかると、さっぱり分からなくなる。少しでも催促されると、緊張から、スペイン語は記憶の片隅に引っ込んでしまうのだ。収監されたとき、彼女はスペイン語がほとんどできなかったと言っていい。だが、五年の服役によって彼女は変わった。今や、他人が書いた字を読むことができ、簡単なやりとりならかなり流暢に話せるようになった。彼女は教育を受けることを拒まなかったし、自分からなんでも知ろうとした。だが、とりわけ、文字の意味がだんだんと理解できるようになったとき、彼女は頑張ってよかったと思った。彼女も気がつかないうちに、文字は見えない糸で繋がり始めた。くっついた文字は恋や失恋の物語、信じがたいようなお話、本当とは思えないような出来事を彼女にささやき始めた。ある反省の時間には、ここ数年の自分の過去を振り返るうちに、自分は、他人に語って聞かせてもいい、特異な経験をしてきたことに気がついた。午後になると、刑務所の中にある小さな図書室から雑誌のバックナンバーや古い新聞を借りてきて、読みふけることもあった。文字を目で追っていると、文字は柔らかで温もりのある、歌声のような響きの言葉へと変わっていく。また、それは彼女が長年置かれてきた状況を説明する言葉そのものでもあった。読書とハンモック作りに明け暮れる彼女にとって、刑務所内での生活は何の障害もない直線道路を走る車のように快適だった。懲罰としての収監は感情を掻き乱されるような私憤を生まなかった。むしろ、彼女はそこで初めて人間になったような気がした。自分には苗字と名前があり、人間はたくさんいても自分は唯一の人間であること、しかもそのことが、他人が自分に興味を抱き、いろいろと配慮してくれる根拠ともなっていることを知った。こうした些細な事柄を通じて、彼女は自分にも存在する価値があり、またときには大切な存在でもあると思うようになった。

法曹界にはガスパル・アルクーディア・カブレラが実直で学識豊かな判事であることに疑問を抱く者は一人もいなかった。彼は公明正大な人物であるだけでなく、自らの職務を遂行しようとする信念においてはいささかの揺るぎもない裁判官として名を馳せていた。彼にとって、法とは社会的属性や文化的違い、あるいは政治的信条に左右されるべきものではない。法は社会的もしくは経済的な条件に関係なく、誰にでも等しく適用されるべきものだ。しかしながら、先住民の女性に判決を下すという案件を抱えるに至って、彼はいつも以上に多くの時間を割かれることとなった。だが、それ以上に、彼は今まで想像したことさえなかった、司法の行方を左右するかもしれない倫理的なジレンマに直面することとなった。しかも、その先住民女性に下した自分の判決は、近年まれに見るほどの数多くの反発を引き起こした。彼にしてみれば、社会を代表する検察と被告の弁護団の双方の言い分をきちんと聞いた。そして、これより公正で、思いやりのあるものはないと思った判決を言い渡したはずだった。

後日、オノリーナ・カデナに対する恩赦が決定したことを知った彼は、自分が背負わされていた荷物を下ろしてもらった気がしながらも、深い溜め息をついた。そして、「司法における正義はひとつではない」という、裁判を間近で見守ってきた人たちにすれば当然とも言える談話を出した。その日の午前中、彼は他の仕事に回ってもよかったにもかかわらず、恩赦が与えられることになった女と話をする方を選んだ。退所を許可するための書類にサインをさせる前に、女を自分の部屋に通すよう、秘書に命じた。中に入ってきた女は、最初に会った時に感じたのと同じ、無防備で気の弱そうな女そのままだった。判事は何か言おうとするのだが、喉が詰まって言葉が出てこない。力いっぱい咳払いをしてから話しかけた。「良かったな、出れることになって。私としても、恩赦が出たことはうれしいんだ」机の引き出しに何かを探すふりをしながら、彼はそう言った。彼の前に立っている女も、どう振る舞えばいいのか分からずにいた。顔はうつむいたまま、判事が話しかける言葉にも虚ろで、何か失くしたものを探すかのように部屋の片隅を見つめている。女の反応がないことに気づいた判事は、もう一度咳払いをした。女が自分の方を向くのをしばらく待っていたが、その気配がないので、自分の方から、弁解がましく話しだした。「私はいつも公正であろうと努めてきた。特別、君だけに厳しくしたわけじゃない。実際、あの不幸、君はそう呼ぶわけだが、あれは四十年の刑は簡単に行くものなんだ。だが君には二十年にしてあげた。分かってもらえるといいんだが。私に君の言葉が話せればいいんだがな。私は君の件で何日も徹夜したんだよ。司法というのは冷酷なものさ。本当に、私は君が釈放されてうれしいんだ」物憂げな顔をしたオノリーナは口元一つゆがめず、判事の言葉を黙って聞いていた。彼女は顔にこそ出さないが、判事の言葉を噛みしめていた。女を目の前に立たせて話をしている判事は、自分の弱みがさらけ出されていくような気がした。判事の気持ちを察したのか、その女は顔を上げると、憐れむかのような目で判事を見た。目が合うと、話しだした。

「あんたが悪いわけじゃない。あたしに謝らないといけない人は他にいる。あんたの手に負えるような問題じゃないんだ。あたしは元々ここにいちゃいけないんだ。売り飛ばされたりしなければ、自分の村で普通に暮らしてたはずなんだ。あたしはここの人間じゃない。あたしはずっと肩身の狭い思いをしてきた。起きたことはいけないことだったかもしれない。だけど、自分の身を守るには他に手立てがなかったんだ。だって、みんなして、あたしの不幸を見て見ぬふりをしてたんだ」判事は、自分が生きることになった運命の意味をよく理解できずにいる人が持つ苦々しさとは、一体どんなものだろうと考えながら、女をじっくりと見つめた。

判事は座っていた椅子から立ち上がると、女に向かってドアを指差した。

「もういい。秘書に言って、サインする書類と自分の持ち物、それにここにいる間に貯まったお金を貰って帰りなさい」そう言う壮年の男性の言葉には、もううんざりだといった気持ちが滲み出ていた。

秘書は出所（しゅっしょ）に必要な書類をオノリーナに渡し、サインすべき箇所を示した。手続きが完了すると、彼女は自分の服と服役中の労働で貯まった二千三百ペソの入ったナイロン袋を渡された。全ての手続きが終わるまでの間、彼女は一言も喋らず、また嫌な顔一つしなかった。袋を受け取ると、お金が全額入っているかすら確かめもせずに、うつむいたまま後ろを振り向き、そのまま廊下に出た。その長い廊下を通り抜ければ、外壁には大きな字で社会復帰訓練施設と書かれた、しかし建物は質素な作りの州の刑務所から出られるのだ。外に向かって歩き、収監という過去から遠ざかるにつれて、空気は透明度と心地よさを増し、段々と軽くなった。きれいな空気が顔に当たるのを感じた彼女は前の晩に見た夢の中の旅を思い出した。山腹には背の高い松の木が生え、お昼頃まで湿った霧が綿のようにふわふわと山頂を包んでいる。彼女ははるか昔の子供時代に戻り、木々の間で遊んでいた。お母さんの顔は炭で汚れ、体は、何日も食べるものがないので、飢えで骨と皮だけになるまで痩せ細っている。

「貧乏人には幸せなんてこれっぽっちもない。母さんは何もないことそのものなんだ」彼女は自分の言っていることがどういう意味なのかはっきりとは分からずに、そうつぶやいた。どこかで読んだことのある言葉のような気がした。ただ、それがどこだったかは覚えていない。あと数歩歩けば外に出られるという所まで来て、彼女は心の中で笑った。もう他人にあれこれ説明する必要もないのだ。少なくとも、自由はもはや絵空事でも、実現することを祈り続けるだけの願い事でもない。メインゲートまで出てくると、警備の男たちが不思議そうな顔をして彼女を見た。彼女は何か聞かれるのではないかとやきもきして、立ちすくんだが、何も言われないので、また歩き出した。外へ出るゲートを通り抜けると、胸が高鳴った。出所決定の知らせを受けてから一日中、これからのことをいろいろと思い描いてきた。外に出てみると、道路には、まさに自分が用意した演劇の台本と寸分違わない人々の生活の息遣いがあった。何百という数の人たちが自分のものを買ってもらおうと、声を張り上げている。彼らは生きていくために必死なのだ。彼女は人混みに紛れ、糸がもつれたような人の流れの中を進んだ。だが、自分の存在には目もくれない人たちの間を歩きながらも、彼女は視線を落としたままだった。いつでもそうだった。まるで誰かに首根っこを押さえつけられているような気がするのだ。ふと顔を上げると、少し離れたところに公園があり、自分が収監されている間、法的手続きの一切をしてくれた弁護士のデリアが、ベンチに座っている姿が目に入った。二人はお互いの姿を確認すると、互いに歩み寄った。手を握ると、二人は抱き合った。弁護士は喜びを爆発させるかのように彼女を力強く抱きしめた。だが、オノリーナは自制的だった。刑務所から出てきたばかりの彼女は、まだ外の雰囲気に溶け込めておらず、居心地の悪さを感じていた。一方、弁護士にとって、彼女が刑務所から出てくることそれ自体が、時間だけでなくたくさんのお金まで注ぎ込んできた自分の仕事が成就したことを意味した。自分の貯金を取り崩すことはもとより、公的機関に嘆願書をいくつも出して、支援金をやっと取り付けていたのだ。「あたしの子供たちは？」オノリーナが訊いた。「明日になったら会えるわ。施設から出してもらう手続きがちょっと大変なのよ」と弁護士は答えた。彼女は苛立ちを隠さなかった。だが、唾を飲み込み、なんとか平静を装った。弁護士は彼女の性格をよく知っている。また、苛立ちがどれだけ続くかも分かっている。弁護士は大きく息を吸ってから彼女に言った。

「私たち、これから人権委員会のオフィスに行かなきゃならないわ。報道機関向けの記者会見があるのよ」その言葉には単なる伝達というよりは命令の響きがあった。

「あたし、そんなの嫌よ」彼女ははっきりと拒否の意志を示した。

気に入らないことがあるとき彼女が見せる反応に、デリアは慣れていた。理由を即座に説明してやらないと、彼女の不機嫌は手に負えなくなるのだ。「ここは一気に行った方がいいんだわ」弁護士は唇を嚙みながら、そう思った。だが、オノリーナだって弁護士の性格はよく分かっている。なんだかんだ言われて、結局は自分の方が言いくるめられてしまうのだ。だから、これ以上、事を荒立てるのはやめにした。

「いいわ、どこでも行くわよ。だけど、今夜のご飯はあんたの奢りだよ」彼女は弁護士に向かって言った。弁護士は笑って承諾した。収監中も記者会見は何百回と行われたわけだから、もはや言うべきことがそんなにたくさんあるわけでもなかった。

　先住民女性に対する記者会見が行われるという部屋に入ったオノリーナは驚いた。こんなにたくさんの人の前で話をしたことは今まで一度もなかった。男も女もいるが、その大半は若者だった。彼らは割れんばかりの拍手で彼女を出迎えた。拍手の大きさに圧倒された彼女は驚愕のあまり立ちすくんだ。「ご挨拶して」弁護士が囁いた。「みんな、あなたのために資金集めをやってくれたのよ。みんなも驚いてるの」オノリーナは彼らの方を向き、手を振りながら、小さな声で挨拶した。「こんにちは。こんにちは。ありがとう。ありがとう」今にも消え入りそうな声の弱々しい女の姿が目に入ると、聴衆は拍手をするのをやめた。オノリーナと弁護士のデリア・カスティージョが用意された席の方へ進むにつれて、部屋は次第に静かになり、やがて静まり返った。会見が始まると、まず弁護士が、官報に掲載された政令文を読み上げた。読み終わると、弁護士はこの五年間に行われたこと、そして悲劇に見舞われたこの女性がいかにして自由の身となれたのかを概説した。そもそもの発端は、五月のある日の午後、女性が夫を死なせてしまったことにあるのだが、その夫は女性をお金で買って以来長年にわたって女性を虐待し続けていたことを説明した。そして次に、この会見に出席してくれた政府の代表者と市民団体関係者、さらには今日恩赦を受けることとなった女性を救うのに必要な資金調達のためのキャンペーンに無条件で参加してくれた人たちに感謝の言葉を述べた。自分の話が終わると、報道機関の記者たちから質問を受け付けた。口火を切ったのは先住民問題に関して好意的ではない新聞社の記者だった。その新聞はいつも右寄りの論調の社説を載せていた。判決を支持すべきか恩赦を与えるべきかで市民の意見が割れている時、その新聞は法の厳格な適用を主張した。「ダブルスタンダードはあり得ない」同紙の論説委員は法の遵守という観点から論じた。それゆえ、記者の質問はのっけから激辛の口調だった。

「わが州の刑務所の中にはあなたが犯したのと同じ罪で服役している人たちがいます。その人たちは男であれ、女であれ、先住民ではないというだけで、刑を全うしなければなりません。あなたは先住民であるがゆえに自由の身となったわけですが、あなた自身これは正当な恩赦だとお思いですか」記者は質問する間、女から視線を離さなかった。この質問に異を唱えるひそひそ声が部屋全体から聞こえた。オノリーナは質問の内容を理解していた。それゆえ、彼女は体の奥深くまで矢が突き刺さるような気がした。しかし、先住民という言葉を聞いたとき、それはさらに深くまで突き刺さった。記者の質問には何か隠された意図があるように彼女には感じられた。質問に対する答えを探そうと、スペイン語で問われたことを心の中で自分の母語で言い換えてみた。実際に声に出して喋ってみようとしたが、言葉にならなかった。もごもご口ごもっているうちに消えてしまい、つらい沈黙の時間だけが流れた。デリアが彼女の耳元に口を近づけ、質問の内容を要約して伝えた。「あなたは先住民だから刑務所から出られるけど、先住民じゃないから出られない人もいる、って彼は言ってるのよ」彼女はそれに対して不愉快そうに答えた。「彼がなんて言ったのか、あたしにも分かる」彼女はきっぱりとそう言った。彼女は静寂を打ち破るかのように喋りだした。最初はか細い声だったが、段々と大きくなり、饒舌になった。「あんたの言い方だと、あたしは法に借りがあることになる。あんたが言ってるのは、あたしはインディオだから釈放されるってことだろ。だけど、あんたが言ってることは、間違ってるよ。だって、あんたの言う法はずっと眠ったままじゃないか。あたしは望みもしないのに、あたしの父さんがあたしを四百ペソと一足の靴、それに金のネックレス一本と引き換えに売り飛ばしたとき、あんたの言う法なんてそもそも存在してなかったんだ。あたしを買ったやつが、ガラクタを売りにこんなところまであたしを連れて来たとき、あんたの言う法は見て見ぬふりをしたんだ。あたしが事故で死なせた男はあたしの体と心を痛めつけていたのに、あんたの言う法は何もしてくれなかったんだ」

聴衆が自分の話に聞き耳を立てているのに気がついたオノリーナは、少しだけ間を置いて、考えを整理した。

「たくさんのことがあって、あたしは完全に参ってた。だけど、言わせてもらうけど、あたしたちは白人と同じじゃないんだ。白人の法律は白人のものであって、あたしたちには意味がない。あたしたちはいい生活をしようと努力することさえ許してもらえないから、いつまで経っても貧乏さ。頭数が数えられるだけの労働者なんだ。あたしたちがいくら辛（つら）い思いをしようが、いくら声を上げようが、蒔いても水をかけてもらえない種と一緒で、勝手にだめになって死んでいくだけなんだ」小さい女の体は、彼女の話に聞き耳を立てていた人たちの思いを掻き集めるかのように、あっという間にその存在感を増した。「あんたの言う法とやらをきちんと機能させるにはどうすればいいのか教えてもらいたいものだね。最初からおかしなものが後で良くなるわけなんかないだろ。インディオとして生まれた瞬間から、すでに何かが変なんだ。インディオとして生まれることは希望を持てないことと同じなんだ。それにあたしたちインディオの女は二重苦さ。インディオで女なんていったら、不幸の塊さ。だから、あたしたちが幸せになるなんてありえない。赤貧なのに幸せになれるのは、馬鹿だけが暮らす天国だけさ。あたしたちはラバみたいに働いてる。なんでそんなことしなきゃならないんだ。腹が減ってたまらない。しかも、そんなのが何週間も続く。あんたの言う法は何も見てやしないじゃないか。あんたの言う法はいい加減に目を覚まして、あたしたちにも平等に扱ってもらえる権利があるってことを教えてくれてもいいんじゃないのかい。あたしが自由になれたのは、あたしがインディオだからなんかじゃない。自分の罪を少しでも償うための手段を、たくさんの人があたしに見出したからこそ、あたしは自由になれたんだ。その罪っていうのはあたしたちの存在をずっと忘れていたことなんだ」そこまで言うと、彼女は自分の現実に打ちのめされたかのようにうつむき、黙り込んだ。彼女は、自分がこれまで背負ってきた不幸の原因を説明する、そのための自分の言葉を生まれて初めて見つけたのだった。デリアの方を振り向いて、そっと言った。「だから、あたしは出たくなかったんだ。あっちにいた方がよかった」弁護士は立ち上がると、オノリーナの気分が悪くなったので、今の質問への回答をもって記者会見は終わりにすると告げた。質問した記者は自分の手帳に簡単なメモを取って部屋を出た。

アントニオ・カスティージョ・イ・シルベイラが、生まれたばかりの自分の子を初めてその腕に抱き上げた時、その子は彼と同じ道を歩むことを運命づけられた。「この子はママや俺みたいな弁護士にしよう」父は自慢げにそう言った。それゆえ、高校を卒業してすぐ、デリア・カスティージョが州内の有名な大学の法学部に入学したときも、両親は驚かなかった。家族の中では全て予定通りだった。家の中では、食事の時でさえ、法律の条文や判例の話をし、延々と議論した。カスティージョ・イ・シルベイラは先祖代々法律の仕事に携わってきた筋金入りの弁護士だ。彼の父と祖父も有名な法律家で、その名声は州内に留まらなかった。そうした家柄だけでなく、法律の扱いにおける彼自身の抜け目なさもあって、デリア・カスティージョの父はいつも大きな仕事を抱えていた。彼の顧客はみな大金持ちばかりだった。実際、彼が開いた法律事務所には富裕層の連中ばかりが頻繁に出入りしていた。何事にも用意周到な彼は、その事務所の中に、娘が大学の勉強を終えた時に使うための部屋を用意していた。「この事務所で働いている弁護士はみんな腕利きさ。生半可な仕事はしない」彼は、法的に白黒つけたり、財産を保全したりするための訴訟や示談交渉を日々こなす傍ら、自分と一緒に働く仲間たちに対していつもそう言っていた。同僚に対するそうした父の物言いが、法学を勉強する娘は大嫌いだった。実はそれよりもずっと以前、やはり弁護士である彼女の母も、同じ気持ちを彼の物言いに対して抱いた。母は穏やかな性格の素朴な人だった。何事にも良心的なやり方とソフトな物腰を愛した。夫たちが働く事務所は彼女にとって居心地の悪い場所だった。それゆえ、彼女はある日、何の前触れもなく、弁護士としての仕事にけりをつけることにした。「ここでは弁護士としてお客のために戦略を練っていくら論争をしてもいいけど、家ではもうやらないで」妻のデリア・ガルマ・ビナヘラは夫にそう言うと、法律事務所の壁に掛けてあった自分の弁護士認定証を外した。「あなたと一緒に働くなんて私にはもう無理。法廷であなたと対決するなんておかしいでしょ。だから、私はこれからは家事に専念するわ」そう宣言はしてみたものの、長続きはしなかった。釘と金槌を取り出すと、認定書を再び壁に打ち付けた。ただし、今度は自分の大きな邸宅のリビングだった。妻には突然突拍子もないことを言い出す癖があるのを知っているカスティージョ弁護士は、ここは事を荒立てずに、妻の決定に従うことにした。数年後、法学の学位を取得して弁護士となった娘は、かつて母が言ったのと全く同じ言葉を父に言って、事務所を出て行こうとした。法学において彼の右に出る者はいないと言われるほどの父は合理主義的に物事を捉えようとした。娘の言葉はまさに、この世の事象はすべて循環する、という彼のとりとめのない仮説を証明しているように思えた。歴史はその出来事において同じことを繰り返すのだ、と彼は得心した。「すべては、変わらずに、繰り返すんだな。気をつけて見ておかないと、歴史がどこで終わって、どこから新しいスタートになるのか気がつかないで人生が終わってしまう」娘の言葉を聞いた彼は、小さくつぶやいた。「なんて言ったの？」父が自分の言葉には答えず、独り言を言ったので娘は訊ねた。「なんでもない。老人の戯言だ」彼はそう言って、話を元に戻そうとした。しかし、自分には真理に思えたことを娘に説明したところで、分かってはもらえそうにないので、娘とこれ以上話をするのはやめることにした。「やりたいことがあれば、やればいい。家で夕食の時にもっと話を聞こう」父の言葉に娘はほっとした。内心では、父との仕事上の決別はメロドラマのような展開になるのではないかと心配していたのだ。だが、予想に反して、事は簡単に片付いた。父に説明しようと、仕事を辞める理由をいろいろと考えていたが、それもいらなくなった。

　別のやり方で仕事をしようと思ったのは、本（もと）をただせば、思春期にデリア・カスティージョを襲った存在論的危機にあった。彼女にとって、何もかも、事が簡単に進みすぎたのだ。やるべきことは全てお膳立てされていた。彼女はそれがひどく気に障った。「私は人に手伝ってもらわなくても、自分で自分の目的を達成できるようにならなきゃいけないのよ」自分が進む道は何もかもお膳立てされ、何一つ不自由がないことに思い悩むようになった。歳も二十六になり、今や美しく裕福な女性だ。だが、心は満たされなかった。友だちや恋人と会って話をしても、どんなに豪華な贈り物をもらっても、彼女は自分の心にぽっかりと開いた穴を埋めることができなかった。父親に自分の決意を伝えるよりも数日前、彼女は人権委員会の訪問員の職を得るための手続きをした。その職には空きがあった。委員会の理事長が自分で、申請書に彼女の名字カスティージョ・ガルマと記入した。採用は決まったのだ。「ポストは空いてるが、給料は少ないぞ」と理事長は念を押した。「私が求めているのは人権について知識を深めることです。私、全ての法律は譲渡不可能な人権にこそ起源があると思うんです」彼女は理事長の言葉にそう答えた。高等弁務官を務める理事のアントニオ・ベジシアは密かに笑った。「若い者はどいつもこいつも夢ばっかり追いたがる。この子はこんな仕事なんかせんでもいいのに。弁護士としてやっていくのに必要なコネは全部ある。もしかしたら政治家になる力だってあるかもしれん。それなのに、全く見向きもされんような仕事のために全部捨てるというのか」彼は手に取った履歴書に目を通すふりをしながら、そんなことを考えていた。

カスティージョ・ガルマ家の邸宅に戻った老弁護士は、夕食の時も、循環する時間のことを考えていた。食卓に着いても、頭の中は、時間を隔てた二つの出来事で全く同じ言葉が使われるなどということがなぜ起こり得るのか、そのことだけでいっぱいだった。

「お前が弁護士認定証を壁から外して主婦弁護士になったとき、お前はわしに何と言ったか覚えてるか」彼は妻に単刀直入に訊ねた。妻は眉をひそめると、怪訝な顔をして彼を見た。

「そんなこと覚えてるわけないでしょ。もう二十年以上も昔の話よ。覚えてないわ」妻はそう答えた。

「覚えてなくてもいいんだ。わしはちゃんと覚えてるから。まさに同じ言葉を今日デリアが使ったんだ」彼は娘を見ながら、訊いた。

「午前中、お前はわしに何か言おうとしてたよな。なんだったんだ？」

デリアは答える前に、大きく息を吸った。

「私、人権委員会で働こうと思うの。もう採用されたわ」父は目を逸らすと、穏やかな声で言った。

「ああ、そんなことか。この家では女たちは自分の好きなことをするんだから、心配せんでもいい。事務所に戻ってきたくなったら、言いなさい」料理に手を伸ばしながら、そう言った。

「ああ、それ、私にはもっと教えてね」母はそれだけ言って、あとは何も言わなかった。

若き弁護士は、人権に関する簡単な調べごとを少しだけやって、不満を抱えている人の話を聞きに行くという、いつも決まった仕事に嫌気が差し始めていた。日々の決まりごとに囚われているのが大嫌いな彼女には、どれもつまらない仕事だった。そんな無為な時間を過ごしていたある日、地方紙をめくっていた彼女の目は「ツォツィル〔マヤ語族の一言語名およびそれを話す人〕・マヤ、自分の夫を死なす、シュトゥヒル村」という赤い文字の大見出しに留まった。読んでみると、血なまぐさい事件風に仕立てたセンセーショナルな煽り記事だった。その記事によると、オノリーナ・カデナ・ガルシーアという、ユカタン半島のシュトゥヒル村に隣接するいわゆる高地チアパスに暮らす民族集団ツォツィル族出身の女が、自分の夫を刃物で切り付けて殺したことになっていた。殺されたのは同じ民族出身のフロレンシオ・ルネス・コタという先住民だった。冗長な内容の記事だったが、その中でも特別彼女の興味を引いたのは、その女がツォツィル語しか話せず、少なくともユカタン半島においては法律の専門用語をツォツィル語に満足に訳せる通訳がいないため、彼女は供述ができないという、記者にも断言できる事実だった。三文文士はこう締めくくっていた。「他に何が要るというのだ！　酒を飲んだ夫との口げんかの末に夫をナイフで刺したことは、容疑者も認めているではないか」新聞の左端には容疑者の顔写真が載っていた。デリアは新聞紙の向こう側から自分を見つめている女のもの悲しげな目を見た時、体が震えた。その夜、デリアは柔らかなベッドに横たわったまま、女はなぜ刑務所に送られるような犯罪を犯すことになったのか、その理由を考えた。女としての感性に加えて、大学の授業で鍛えられた思考パターンから、そもそも正解のない問いがいくつも湧いて出た。あのツォツィルの女は生まれ故郷から遠く離れた場所までやってきて、一体何をしていたのか。人を殺すことになった理由は何だったのか。本当のところ、一体何が起きたのか。彼女は寝るのも忘れて一晩中考え続けた。

「明日、あの女に会って話してみなきゃ」眠気に襲われながら、彼女は呟いた。

フロレンシオ・ルネス・コタについては悪い話しか聞こえてこなかった。あいつは根っからの悪だ、と誰もが言っていた。それは本当なのかもしれない。実際、彼は幼い頃から、悪戯っ子以上の存在だった。彼の父はポシュという酒を使う治療師だったが、彼の薬はよく効くことから、その名は近隣の村々に知れ渡っていた。彼は蒸留器から取り出した聖水を詰めた瓶を家の片隅に並べて置いていた。瓶が何本あるか、また何回分残っているか、きちんと把握していた。ところが、そのうち彼の作った薬は一向に効かなくなった。もしや家族の中に、酒を盗んで、代わりに水を入れている奴がいるのではないか。どうも長男が怪しい。疑いはしたものの、子供は長男の他にも四人いるので、慎重に様子を見ていた。だが、長男がよたよたしながらやって来るのを見た時、疑いは確信に変わった。母のドニャ・ナタシアは首を横に振りながら、やったのはその子じゃないと言った。彼はよろける息子に近寄ると、息子の脇の下から腕を回して体を支え、寝床代わりに敷いた毛布の上に寝かせてやった。日が落ち、辺りもすっかり暗くなった頃、祈禱師は闇に紛れて、どら息子の寝顔をそっと覗き込んだ。「お前はもう大きくなった。十四歳だもんな。お前はもう独り立ちしてもいい。お前を一生養ってやることはできん。酒の味を覚えたのなら、なおさらだ」闇が翌日の日の出との戦いを繰り広げている中、彼は静かに息子のことを案じた。

翌日目を覚ました時、フロレンシオは壊れかけの父の家にはもはや自分の居場所がないことに気がついた。家族はみんな彼によそよそしかった。彼は土間に力いっぱい唾を吐くと、父を睨みつけた。「何も言わなくてもいい。あんたの言いたいことは分かってる」傷つき、憎しみを抱いた息子は怒鳴りつけるように、父に向かって大きな声で言った。父は息子を静かに見つめた。息子は怒りに燃えた目をして、鼻で荒い息をしながら震えていた。「自分が何をしてるか分かってるだろ」父が息子にそう言うと、息子は父ににじり寄りながら怒鳴った。「ああ、分かってるさ。俺は何も取ったりしねえ。それに何も持ってやしねえ」少年は部屋の片隅からトウモロコシの実の入った袋を引きずり出し、力任せにひっくり返すと、トウモロコシの実をポシュの入った瓶に詰め込み始めた。頭にきた父は息子を罵っていたが、おもむろに鞘に入れて壁に掛けてあったマチェテ〔農作業用の刃の長いなた〕を降ろし、息子に向かって言った。「それぐらいにしとけ。悪さをするのはいい加減、やめてくれ。わしのところに来る者はみんな言うんだ。わしの治療は効かなくなったと。それもこれもみんな、お前がわしの酒から力を抜き取ったからだ」父は家の柱にマチェテを叩きつけながら、息子に言った。少年は顔を上げようとすらしなかった。こんなじじいは自分の親じゃないと思った少年は、父に挑んだ。「おやじ、あんたにそんなことできるかよ。マチェテで俺を切りつけるなんて、あんたにできるわけないだろ」冷やかすような口調で、父に向かって言った。祈禱師は頭に血が上って我を忘れた。「もう、やめろ。さもなくば、お前はわしの息子でもなんでもない」父は息子を脅した。少年は突然立ち上がると、父に走り寄り、土間に激しく突き倒した。少年はマチェテを拾い上げると、それを頭上高く振りかざし、起き上がろうとしている父親の体を切りつけた。マチェテの刃が父の体に当たろうとした瞬間、外から差し込む光で目が眩んだせいで、狙いが定まらず、マチェテのひらの部分が父の背中に当たった。子供たちと一緒に水を汲みに行って戻ってきたドニャ・ナタシアが、この様子を目の当たりにして、悲鳴を上げた。

「何してんだい、お前。仮にもお前の父さんじゃないか」二日酔いで、しかも怒りに燃えた息子に、そんな忠告はなんの効き目もなかった。息子はマチェテのひらでさらに三回も父を叩きつけた。

「おやじ、感謝しろ。育ててもらった借りがあるから、これぐらいにしといてやらあ。でなけりゃ、ずたずたにしてやるところだ」そう吐き捨てると、トウモロコシの入った袋を一つ担いだ。妻に助けられて父がやっと立ち上がった時、少年はすでに国道へと続く急な坂道を駆け下りていくところだった。父親は怒りをほとばしらせながら、精いっぱい大きな声で息子に向かって叫んだ。

「馬鹿野郎。お前なんかくたばっちまえ。このバチ当たりめが。親を殴るなんて、こんな親不孝が他にあるか！」父がこれ以上罵るのをやめようとした時、父の吐いた言葉はすでに毒矢となって、遠くを駆ける息子の体に突き刺さっていた。

「あの子は安らぎを得ることなんか、きっとないんだわ。あなたはあの子に呪詛をかけたんだから。ずっと、それを背負って生きていくのよ」母はそう言って泣き崩れた。

家を出たフロレンシオ・ルネス・コタは、すでに多くの先人たちが通ったのと同じ道を辿った。チアパス州の北部にあるバナナ・プランテーションで何か月も働いた。だが、生まれて初めて罪を犯したことから、蚊のようにこっそりと貨物列車に身を隠して、リビエラ海岸に向かった。そこには仕事がいっぱいあり、誰でも簡単に仕事にありつけた。しかも、彼が所属する先住民族は勤勉なことで有名なので、雇い主たちはチアパスと呼ばれるその先住民たちを重宝がった。彼らはいくらでも働き、給料にもあまり文句を言わない。彼もそうした社会的評価の恩恵を受けた。「カルメックス〔ツナなどの缶詰を作る会社 Calmex およびその商品名〕かマセカ〔Maseca という商標名のトウモロコシの粉を製造販売する会社〕に行くんだったら、俺たちと一緒に行けばいい」飢えゆえに出稼ぎに来ていた同郷者たちは彼にそう助言した。一緒に寝起きする大きな部屋の中で、チアパスたちは様々なマヤ語方言で自分たちの夢を語り合った。しかし、週末ともなると、そうしたバラックの中では、海に向かって伸びる長い桟橋をかける作業から体を休めているはずの男たちがあちこちで喧嘩を始めた。怒鳴り声や罵り声が聞こえたかと思うと、石や棒、はては刃物まで持ち出した喧嘩が起きる。生まれ故郷での生活を諦めて出てきた者たちが暮らす暗い世界に無秩序が広がるのだ。機転の利くルネスはすぐにいいことを思いついた。他人の金でのんきに暮らす術（すべ）を見つけたのだ。自分の給料は雇い主に預けて積み立ててもらった。当然、貯金は週を追うごとに増えていった。人を食い物にするからくりとはこうだ。彼は仲間を脅した。先住民と雇い主との間のやり取りは必ず彼に仲介させた。そして、仲介料を取った。きつい仕事に耐え、三年間働いた。そして積み立てた金の支払いを雇い主に求めた。貯めた金はかなりの額に上った。雇い主は彼を冷やかしながら訊いた。

「そんな大金で一体何をするんだ」彼は口の端に笑みを浮かべて答えた。

「自分だけのための女を買うんです」


デリアが期待していたオノリーナとの接見は空回りした。話を聞くための糸口が見つからない。そもそも女が話すスペイン語ではまともなやり取りにはならないのだ。

「緊張すると、自分でも何を言ってるのか分からなくなるんだ」ある時、女は彼女にそう言った。

「じゃあ、落ち着いて。私は警察の人間じゃないから。私はあなたを助けるために、何が起きたのかを知る必要がある、ただそれだけなの」

二人は数多くの会話を交わした。大半は他愛ないものだったが、正反対の世界に生きる二人がお互いに分かり合えるようになるためにはどうしても必要なものだった。少しずつゆっくりと開く窓越しにではあるが、デリア・カスティージョは、それまで存在すら知らなかった、辺境の世界に足を踏み入れていった。女は何かを思い出したかのようにゆっくりと、しかし、とめどもなく喋りだしたのだが、女の語る人生は、乾季には冷たく透明な水がきらきらと光りながら流れる豊かな川のようだった。命の源でもある川は、雨がたくさん降る季節になると、増水し、無慈悲に全てを押し流してしまう危険な川となる。それと全く同じように、女にとっての善と悪は固く結びついていた。美しい蜘蛛の巣のように二つは絡み合っているが故に、どこで何が始まり、どこで何が終わるのかは明瞭ではなく、物事を明確にすることは不可能だった。

あたしがフロレンシオに会った時、取引はすでに成立していた。あたしに支払われた額は、あたしを育てたのにかかった費用には足りないけど、取引自体は父にとってもあたしにとっても悪いものじゃない、と父に言われた。フロレンシオがいくら払ったのか、父は言わなかったけど、あたしみたいな女っていくらするもんなんだろうね。母さんが死んでからずっと何年も何年も、あたしは父さんのために家の仕事をした。父さんは何年も外に仕事をしに出ていた。帰って来ると、酒を飲んでた。あたしは四人のお兄さんがいるんだけど、女はあたし一人さ。あそこにいるときはお菓子とかいろんな物を売ってた。誰かに何かで文句を言ったりしたことは一度もない。家を出ることになったときでさえ、別に誰かを恨んだりしなかった。そんなことしても意味ないしね。連れてこられた時は、そんなに遠くまで来た気がしなかった。あたしは自分の村から出たことは一度もなかったしね。そういや、たった一度だけあった。でも、知らない人と出たことはなかった。バスに乗ると、フロレンシオは自分とあたしとの関係についてこう言った。自分はあたしの所有者だ。だから、あたしはなんでもあの人の言う通りにしないといけないんだって。あたしは、いつでもなんでもやってやったさ。いつだったかね、ある日、あの人はあたしにこんなことを言った。あたしたちインディオの女が着てる服は脱いじまえって。これからは町の人間みたいな服を着ろって。あたしは言われた通りにした。最初のうちは、ボロ布を体に巻いてるだけで、なんだか裸でいるみたいな気がしたもんさ。なんにだって慣れるもんだね、人間って。だけど、着いたところだけはなかなか馴染めなかった。やたらと暑くてね。山の暑さとは違うんだよ。山じゃ、肌に優しく入ってくるけど、こっちじゃ違う。太陽の光が当たると痛いじゃないか。あたしは街に出て物を売ってた。朝早くに家を出て、フロレンシオが迎えに来るまで。フロレンシオには酒を飲む悪い癖があった。

一日中飲んでるんだ。止まりゃしない。それに、酔っ払ってようが、しらふだろうが、あたしの髪を摑んで引っ張っちゃあ、ベルトであたしを引っ叩くんだ。あたしは六回妊娠したんだけど、そんなことはお構いなしさ。六人の子供のうち、生きてるのは男の子二人だけだよ。妊娠してるのが分かってても、手当たり次第摑んだもので殴るんだ。床に倒れると、今度は足で蹴る。あたしはお腹の赤ん坊に当たらないように、手を当ててお腹を必死に押さえてた。あたしはいろんなことをされたけど、何も言わなかった。あたしはどれだけ我慢したことか。どこでだってそうさ。飲んでようが飲んでまいが、毎日あたしを叩くんだ。稼いだ金は全部取り上げられる。そんな状態で、逆らえるわけがない。あの人、一時、左官の仕事をしてたことがあるんだけど、あたしが刺繡の入った靴を売ってるところにやって来て、言うんだ。ついて来いって。あの人の性悪なところは分かってたから、何か大変なことが起こりそうな気がした。やっぱり、私に酷いことする話を持ってきてた。あたしを仕事仲間に貸すって言うんだ。仕事で何か困ったことがあって、やむを得ないんだそうだ。そうやって脅されたんじゃ、あたしも嫌とは言えなくなるじゃないかい。次から次にあたしの上に乗っかって来るだろ。あたしは体よりも心の方が痛かった。最後の奴が終わったら、あたしは走って体を洗いに行ったさ。あの人に、こんなのあたしは嫌だって大声で言ってやったんだけど、今でも覚えてるよ。小馬鹿にするような目であたしを見ながら言ったんだ。「何をそんなに心配するんだ。ちゃんと洗えば、元通りきれいになるじゃねえか」それ以来、毎週同じことをやらされるんだ。あの人の仲間が金を出すって言えば、あたしは相手をさせられるわけだよ。夜には辛くて一人で泣いてたよ。あたしは全部黙って受け入れてた。抵抗するとか、そんな力はこれっぽっちもなかった。自分に降りかかる不幸から自由になるなんて、そんな力あるわけない。あたしに答えられないことを聞いても無駄だよ。それにあの人がなんであんなだったかなんて、あんたにだって分かりっこない。あたしたちは教えられてるんだ。誰かに買われたら、その人のものになるって。その人が捨てない限り、ずっとその人のものさ。あの人はあたしをどうするか決められるたった一人の人間なんだ。とどのつまり、あの人はあたしを買ったんだからね。神さまの母君に、あたしを死なせてください、さもなくばあの人を殺してくださいって何度お願いしたことか。あたしの命が消えてなくなるように精いっぱいお願いした。夜になると目をぎゅっと閉じてお祈りするんだ。どうかあの人があたしのことを、あたしがいることを忘れてくれますようにって。いっそフロレンシオの奴が、働いている建物から落ちて死んでくれますよう、神様お願いしますって。今じゃ、もう、どっちが辛(つら)かったかよく覚えてないね。毎日殴られるのと、あの人の友だちとやらされるのと。あの人はあたしにとんでもない量の苦痛を背負わせたんだ。重たくて重たくて、あたしは下を向いて歩くしかなかった。フロレンシオの奴はあたしだけに酷いことをしてたわけじゃない。あの人は誰にだってそうなんだ。だけど、種は蒔けば芽を出すし、ドアを叩けば誰かが出てくるだろ。あの人の暴力は自分に跳ね返ったんだ。後で聞いた話だけど、あの日は仕事の後、昼間からずっと酒を食らってた。そのうち、喧嘩をおっぱじめたらしい。一度ついちまった火は簡単には消せない。最初はただの口論だったものが、そのうち殴り合いになっちまった。喧嘩とは何の関係もないあるお人好しが、見かねて、止めに入ってくれたらしいんだ。すると、その人に食ってかかって、最後は突き飛ばしちまった。宙に浮いたかと思ったら、後はドスン。かわいそうに、突き飛ばされたその人は二階から下に真っ逆さまさ。下には砂利が積んであったから、幸い、死にはしなかった。運がよかったんだね。なんてったって、命あっての物種だからね。やらかしちまったからには、当然報いがあるだろ。だから、フロレンシオの奴、怖くなっちまったんだ。刑務所に入れられることは目に見えている。「刑務所なんて人の行くところじゃねえ。ずらかるしかねえ。荷物をまとめろ。山に逃げるぞ」あたしにそう言うんだ。あの人にとってたった一つだけ怖いのが刑務所だった。大声であたしに命令したところを見ると、怖くて怖くてたまらなかったんだ。ゆっくりしてる時間なんてあったもんじゃない。悪魔にさらわれていく魂みたいだった。あたしたちは脇目も振らず村を出たんだよ。「シュトゥヒルに行こう。州が違うから、あそこまでは追って来ないだろ」あの人はそう言った。

その村に着いた時、あたしたちは着のみ着のままで、何も持ってなかった。何日も駅舎に寝泊まりした。あたしたちは毎日人からじろじろ見られたさ。何を食べてたかって？　食べるものなんかあるわけないだろ。ただの空気を吸ってるだけだよ。子供を二人抱えてたから、子供たちがかわいそうでね。この子たちも他の子たちみたいに死んじゃうんだろうかって心配だった。だけど、どうしようもない。たまには、村に着いた人の荷物を運んであげて、わずかばかりのお金を貰えることもあった。他には何もない。それが精いっぱいさ。神様は試練をお与えにはなっても、死ぬことは許して下さらない。ある日、村のお役人がやって来てあたしたちに言うんだ。遠くからずっと見てたが、あんたらは悪そうな人たちじゃなさそうだって。そして、何か困ってないかって聞くんだ。「仕事。俺たちは仕事が欲しい」フロレンシオの奴がそう答えた。すると、優しい人がいて、村のゴミを集めて回る仕事をフロレンシオにくれた。「古くなった市場の倉庫を貸してやるから、そこで寝ればいい」とまで、村の役人さんは言ってくれた。そこまでは良かったんだけど、あの人の体の中の悪が目を覚ましちまった。酒の虫だよ。稼いだわずかなお金を、フロレンシオの奴は全部飲み代に使っちまったんだ。トルティージャを作るマサ〔トウモロコシの実を茹でて、すり潰したもの〕を手にして立っている人には、天がコマル〔トルティージャを焼く鉄板〕をお授けになるようなもんさ。

フロレンシオは、苦難を前にして打ちひしがれるということは決してなかった。彼がそれだけ強気でいられたのは多分、どんなに危険な状況に置かれても決して屈することのない力と悪知恵を持っていたからだろう。彼は、機嫌がいいときでも、体調が悪い時でも、譲歩するということは決してなかった。三年間働いて貯めたお金で買った女が振り上げた刃物で自分の肝臓が真っ二つに切り裂かれ、そのせいで血を吐き続け、最後は命を落とすことになった時でさえ、自分の信念を曲げなかった。ただ、自分の吐く血で喉が塞がり、息苦しくなったときはさすがに、自分はもう運を使い果たし、来るべき時が来たことを悟った。

彼は、自分の悪は思春期に原因があること、また怠けることを覚えた時に始まったことを自覚していた。悪いことをしていれば、いつかどこかの牢屋に入れられるかもしれないと思っていた。しかし、どれだけ悪事を働いても、自由の身でいられるので、彼はいつしか自分は選ばれし人間なのだと思うようになった。「俺は運を手に握って生まれたんだ」いつもそう自慢した。ただ、友だちに自慢話をするときは最後に必ず、「いつも気を付けてないと、やられる」と言っていた。普段の生活についてもいろいろと助言をしようとするのだが、特に女の扱い方について話をするときは、自分には決まった女がいるわけでもないのに、蘊蓄（うんちく）を垂れた。「女ってのはな、手綱を緩めちゃいけねえんだ」仲間たちは彼のずる賢さに大笑いした。波乱に満ちた彼の人生において、彼が仲間たちとゆっくり話をするような機会がしょっちゅうあったわけではない。それでも、そうした仲間たちとのやりとりには彼の心の中の隠れた考えが顔をのぞかせた。ただ、彼はどちらかと言えば、打ち解けない性質（たち）

で、仕事の仲間たちとも必要以上に仲良くすることはなかった。

自分の素行の悪さから、生まれ故郷を捨てることになった、遠いあの日から、自分のずだ袋には、先住民に許される以上のことをするための道具なんて入っていないことを理解していた。しかし、それでも彼はつねに自分に自信があった。自分は出稼ぎに出た仲間たちの上に立つ器であることを感じ取っていた。少なくとも、彼には風向きが自分の方に向く瞬間を感じ取れる天性の能力が備わっていた。だから、チャンスが到来すると、彼はすかさずそれをものにした。バナナ・プランテーションにいたときにも、その天賦の才能が発揮された。バナナの収穫作業で一緒に働く仲間たちが雇い主の人使いの悪さで文句を言っていた時のことだ。熱帯のプランテーションは、雨がたくさん降るので、仕事をする者にとっては蒸し暑くて不快極まりない。山から下りてきた者たちにその暑さはなおさら堪えた。だから、仲間たちはみんな自分たちの境遇に不満を抱いていた。

「ただ文句言ってるだけじゃ、何も変わらねえよ」ほとんど先住民ばかりの、不満を募らせているチアパスたちに向かって彼は言ってやった。

「文句があるんなら、勝ち目のあることを言わなきゃだめだ」ただやみくもに喧嘩することだけに慣れている連中は、彼をじっと見ていたが、すぐに賛同した。

「何が一番大事なんだ？」彼はみんなに訊いた。

先住民たちは互いに顔を見合わせると、自分たちの村の言葉で話し合った。

「やっぱり、食いもんだな」みんなが口を揃えて言った。

先住民たちの秘密集会が行われてから三日後、〝サン・コスメ〟バナナ農場の食事は改善した。プランテーションの食堂の入口には毎日、緑色の厚紙に書かれた食事のメニューが掲げられるようになった。月曜日——豆入りライス、火曜日——牛肉のプチェロ、水曜日——チキンとヌードル、木曜日——ベーコン・エッグ、金曜日——牛肉のブイヨン、土曜日——フライド・ビーンズと揚げバナナ、飲み物——カカオ入りポソル〔トウモロコシのマサを水に溶き、カカオの粉と砂糖を加えたもの〕、日曜日——休業。

「ほら、見ろ。やりゃあ、できるんだ」彼は大きな字で書かれたボードを自慢げに指差しながら言った。だが、そこにいた者のほとんどは何が書いてあるか分からなかった。字が読めなかったのだ。

ツォツィル、ツェルタル、チョル、トホラバルなど、プランテーションに借金を負った百十二人の先住民労働者たちは嬉しそうな顔をして、フロレンシオのリーダーシップを素直に認めた。「簡単じゃなかったんだぜ。飯をうまくしてくれりゃ、俺たちの仕事の効率も上がるって言うんだけど、旦那はなかなか首を縦に振りやしねえ。だけどご覧の通りさ。ちょっと金がかかったんだ。だから、みんなで少しずつ出してくれるよな。お前らだけ得するなんてなしだぜ」そう言って、彼は仲間たちの弱みに付け込んだ。そう言えば、仲間たちは反対しないことが、彼にはよく分かっていた。

フロレンシオはインディオだが、他のインディオとは違った。彼は自分が住んでいる隣村にある小学校の複式学級のクラスで五年生まで勉強した。父のアナスタシオ・ルネスが無理してなんとか彼を学校に通わせてくれたのだ。「でかくなったら、悪たれになりやがった。しかも、わしの手には負えなくなっちまった」息子はどうしてるかと聞かれると、年老いた治療師はそう答えるのだった。「あいつは出来損ないだ。出て行く時、よりによってわしをマチェテで切りつけたんだ」だが、彼の言葉にはもはや恨みの気持ちは感じられなかった。

バナナ・プランテーションの仕事を捨てて、別の場所に移らざるを得なくなった時、フロレンシオはすでに成人していたが、同時に酒癖もかなり悪くなっていた。他人に対する支配欲と酒癖はもはや自分ではコントロールできなかった。アルコールに完全に依存していた。アルコールは自分の身を守るための鉄の鎧となり、また酩酊することで自分の中に隠れている不安や恐怖心を取り除くことができた。しらふでいる時は威勢を張っているだけだが、頭にアルコールが回ると、天にも昇った気がして、勇気が湧くのだ。バナナの植え付けや収穫をする労働者の人夫頭を任されると、彼は天狗になった。単なる人夫頭ではなく、先住民仲間の運命を左右できる主人のような顔をした。指示の出し方が分かるようになると、それに従わない者に対しては横柄な態度をとった。そうして事件が起きた。エウフェミオという名の、やって来たばかりの労働者から、自分への支払いを何度も拒まれていたフロレンシオは、地域に特有のいつもの雨が降り続いていたある日の夕暮れ時、冷静を装いながら言った。

「いいか、これが最後だぞ。この農場じゃな、みんな毎週一ペソ俺に払うことになってるんだ。それは旦那とのやり取りを、みんなの代わりに俺がやってやってるからなんだ。なんで俺がここでお前らの人夫頭をやってると思う？　適当に選ばれてるとでも思うのか？」

　男は顔を上げずに、フロレンシオを下から見やった。上から下まで眺め回した。フロレンシオは顔を真っ赤にして立っていた。男は事を荒立てないようにそっと言った。

「一ペソは一ペソだ。大した金じゃないが、俺にだってあんたと同じように話はできるんだ。旦那との話をあんたにやってもらう必要はない。俺は自分でやるよ」寝泊まりに使っている大部屋に入りながら、男はそう言った。

　エウフェミオの口調はフロレンシオの自尊心をいたく傷つけた。怒りに震えて口ごもりながら、彼だけ特別に与えられていた家に戻ると、サイザル麻〔ロープなどの繊維として使われるリュウゼツラン科の植物〕のずだ袋からラム酒の瓶を取り出し、瓶から直接がぶがぶと飲み始めた。アルコールの入ったフロレンシオは、良からぬ考えを抱いた。恐怖心もなくなり、自制心も効かなくなった。皮膚の下に眠る癒えきっていない傷が疼くように、怒りが溢れ出した。「あのくそったれめ。他の奴らに真似されたりしちゃあ、敵わねえ」一人呟いた。「それだけはさせねえぞ」語気を強めてそう言うと、マチェテの刃の切れ具合を指で確かめてから、腰の鞘に収めた。「今日は人の血を吸わせてやるからな」マチェテに向かってそう言いながら、彼は家を出た。

フロレンシオが自分たちの方に向かってやって来るのに、大部屋にいる男たちは気づいた。彼は大股で、明らかに怒った様子で歩いている。「大変だ！　エウフェミオ、お前の方に行くぞ！　エウフェミオ、あいつマチェテを持ってるぞ！」

その声はエウフェミオに届いたが、間に合わなかった。ベッドから起き上がった時、男はすでに彼の上にいた。フロレンシオはエウフェミオの体めがけてマチェテを何度も振り下ろした。誰にも叫び声を上げる暇さえない一瞬の出来事だった。殺された本人でさえ、何も言えずに息絶えた。フロレンシオは肩で大きな息をしながら、マチェテを大部屋の片隅に放り投げた。

「やっちまったな。俺たちも巻き込まれるかもしれねえ」出稼ぎ連中の一人が言った。「警察が来たら、俺たちみんなも引っ張られるぞ」

フロレンシオは仲間たちを見ながら、自分がしでかしたことの重大さを今更ながらに考えていた。

「仕方なかったんだ。こうなったら、逃げるしかねえ。俺と一緒に行きたい奴がいたら、一緒に逃げようぜ。逃げるところはいっぱいあらあ」

誰も動かなかった。彼の誘いに乗ろうとする者は一人もいなかった。

「そんじゃ、あっちで待ってらあ。忘れんなよ、リビエラ海岸行きの直通列車は夕方六時だかんな」

　フロレンシオはこの時のことを思い出す時はいつも、あれは格好悪かったとの思いから、思わず大笑いするのだった。「そうなんだ。この世は人にやられっぱなしじゃ駄目なんだ。俺の家と兄貴の家のどっちかが泣く羽目になるんだったら、俺の家じゃなくて、兄貴の家にしてもらいたいもんだ」リビエラに落ち着いて、仲間たちと馬鹿騒ぎをするようになると、彼は必ずそう言った。

「俺は悪魔と契約を結んでるんだ。あいつをやっちまった時でさえ、ポリ公に捕まらなかったんだから、この俺様が捕まるわけはねえんだ」彼は自分を取り囲んでいる連中に向かって見得を張った。

　フロレンシオが人生において一番うまく行ったのはリビエラにいる時だった。言葉巧みなペテン師の才を発揮して、彼はそこでも雇い主に取り入り、人夫頭にしてもらった。しかも、仲間への仕事の分配まで請け負った。彼はそこからあがりを得るだけでなく、あらゆるところから搾り取った。人夫たちが自分と同じチアパスの出身者であることは都合が良かった。彼らのほとんどは学校に行っていないので、文字の読み書きができない。彼はその無知につけ込んだのだ。食事、宿泊、トイレ、水など、ありとあらゆるものから手数料をせしめた。仲間たちは何をするにしても彼に金を払わねばならなかった。彼は見たところ他の連中と何も変わらない。同じ顔つきをし、同じ言葉を話し、習慣や着るものまで全く同じだ。チアパス出身者ではない者にとって、彼と山から降りてきた他の連中とを区別することは不可能だった。だが、チアパス出身者たちはみんな、フロレンシオはいつも自分たちに命令を出す男であり、しかも怒らせたらとてつもなく恐ろしい人間であることを知っていた。

「あんたらが俺に金を払うのは、あんたらを守ってやるためだ。仕事を取り上げられないようにしてやってるんだ。あんたらは仕事はするが、何も考えられねえ、何も覚えられねえ」仲間が無学であることをいいことに、フロレンシオは彼らを散々馬鹿にした。

　彼は野心に溢れた男だった。また、その野心を隠そうともしなかった。彼は大きなスピーカーの付いたラジカセを買って持っていた。午後になると、伊達男の先住民がよくやるように、それを肩に担いで、ラジカセから大音量で音楽を鳴らしながら辺りをうろついた。また、自分の出世を人に示すためなら多少の苦行も厭わなかった。実際、彼は上の前歯を四本も抜いてしまった。歯茎の傷が癒えるまでには一か月以上かかった。だが、差し歯を入れられるようになるまでの間、一緒に仕事をしている仲間たちに、歯の抜けた彼の口をからかう者はいなかった。むしろ反対に、みんなは羨望の眼差しで彼を見ていた。「金歯にするんだろ？」同郷人たちは口々にそう聞くのだった。

「当たり前だろ。象牙の窓と星の付いた金歯にでもするか」彼は何の戸惑いもなく答えた。

日曜日の午前中、歯医者から出てきた彼の笑顔には金色が燦然と輝き、その顔は達成感に満ち溢れていた。犬歯には金、門歯には同じ金色の穴の空いた歯冠が嵌められていた。象牙の星を散りばめてくれるようにしつこく頼んだのだが、自分にはそんなことはできない、と歯医者には断られた。「どこの歯科クリニックに行っても、そんな注文には応じてくれないでしょう」と言って、歯医者は歯に象牙を入れるという彼の夢を諦めさせた。

だが、星があろうがなかろうが、笑ったときに顔に黄金が光るようになったことで、彼はこの上もない幸福感に浸った。翌日月曜日に仕事仲間と顔を合わせた時などはなおさらだ。仲間たちは、あの金歯全部でいくらしたのだろうといった話で持ちきりだった。一儲けしようと山から降りてきた連中にとって、自分だけのラジカセを持ったり、十八金の金歯を入れたりすることは山の生活を捨ててまで出てきたことに対する最大の見返りだ。そうした勲章を持たずに自分の村に戻ることは、いい生活を夢見て村を捨てる奴に成功などあり得ないことを証明しているも同然なのだ。「自分が生まれた場所である家を後にする以上、何かいいもの、自分の人生をよくしてくれる何かを手に入れなきゃ意味がない。家を出たときよりも貧乏になって帰るくらいなら、帰らない方がましさ。わざわざ恥を掻きに帰る奴なんかいるもんか」ましてや、山を下る道の先だけしか見えていない若者は親たちからさんざん注意されている。「わざわざ遠くまで行って、悪いことに染まるんじゃないぞ。悪いことを覚えるのは造作ない。ここにいたって、悪いことを教える奴は山ほどいるんだ」親たちは外に出ることばかり考えている子供たちにそう言って釘を刺す。

「何もかも、以前よりもうまく行ってる」フロレンシオはそう感じていた。「運は俺を見放していないんだ。何より、旦那が俺の金を積み立ててくれている」手に持った鏡に写った自分の金歯を眺めながら、彼はほくそ笑んだ。

そんなある日、彼は仕事場から姿を消し、数週間戻らなかった。いつだって理由は何も言わない男だったが、不意に姿をくらましたので、先住民たちは彼がいなくなった理由を互いに確認し合った。だが、事情を知っている者は一人もいなかった。フロレンシオの代わりにやって来た人夫頭でさえ、理由は知らなかった。

「あんたたちの頭のことは、俺は何も知らないんだ。ただ、あいつが戻ってくるまでの間、こっちに回ってくれって言われただけなんだ。というわけで来てみたものの、あんたたちは俺の言うことを全然分かってくれないから、苦労してるんだ」新しい人夫頭はそう答えるだけだった。

フロレンシオはいなくなったときと同じように、突然戻ってきた。いなくなってからだいぶ経ったある日の朝、彼は姿を現した。

「一体どうしたんだ？　いなくなるって、一体どういうことだ？　どっかへ行くなんて一言も言ってなかったじゃないか」彼の姿を見ると、みんなは彼を質問攻めにした。

「自分の用事までお前たちに話すわけないだろ。お前たち、俺の乳母じゃあるまいし。俺だって、ちゃんと毛の生えた大人なんだぜ」そう言って、何があったのか聞き出そうとする連中を煙に巻いた。「いいから、仕事しろよ。俺はもう行くぜ。ほら、これ全然進んでないじゃないか。さあ、仕事するんだ。そのために金もらってるんだからな」彼は仲間に仕事をするよう急かした。

　仲間らはどうしても訳を知りたいものだから、昼食の時間になると、再び彼を問い質し始めた。ある者はイワシの缶詰を開けながら、ある者はカルメックスで作ったタコスと一緒に飲む飲み物を作るためのマセカの粉をバケツに空けて掻き回しながら、彼に突然いなくなった訳を訊いた。すると彼は、仲間や同郷者たちが知りたくてやきもきしていた話題に終止符を打つことになる、あるビッグニュースを発表した。

「俺、チャムーラで女を買ってきたんだ。四百ペソしたけど、それだけの値打ちはある。まだ小さな子でな、十四歳なんだ。売ってもらうのが一苦労でな。親父がなかなかうんと言わねえんだ。だけどよ、札束見せてやったら、ぐうの音も出やしねえ。まあ、それだけじゃ済まなかったけどな。何にせよ、言ったとおり、いい買い物さ」

そう言い終わると、大声を出して笑ったフロレンシオにつられて、その場にいたみんなもどっと笑った。しかし、チアパスからやって来た連中にとって、彼は明らかにもはや妬みの対象でしかなかった。

仲間たちは一人また一人と立ち上がり、これまでの辛(つら)い人生に耐えて彼が手に入れたものに対する祝福の意味を込めて、彼の肩を軽く叩いた。若い連中は、フロレンシオが手に入れたものに対して、ただ羨ましそうな顔をしていた。一方、年配の者たちは内心、これからこの男の、気性が荒く傲慢な性格を耐え忍ぶことになる娘を憐れんでいた。だが実際のところ、フロレンシオが自分の妻としたばかりの、まだ年端も行かない娘が実際に受けることになる苦難は彼らの想像をはるかに超えることとなる。彼女が受けた身体および精神への暴力は、誰も想像すらしないであろう、とんでもなく残忍なものだった。自分の家を離れることになった時から、まだほんの小娘だった女に、この男に逆らう力などあろうはずもなく、女は顔ひとつ上げることもできなかった。

「いいか、お前は俺の妻じゃない。俺はお前の主（あるじ）だ。お前を買うために俺がどれだけ金を貯めなければならなかったか分かるか。分かるわけがない。お前に何が分かる。数も数えられねえくせに」酒を飲んでいないときは、そう言って彼女をなじった。酔っぱらうと、さらに金勘定にうるさくなり、わざわざそのために作ったサイザル麻のロープで、罰ではなく教育と称して、彼女を打ち付けた。

娘にはいくつかの決まりごとが課せられたのだが、まず第一に、彼が食事を終えるまで、彼女は食事をすることが許されなかった。「そういう決まりだ。仕事をしている俺よりも先にお前が飯を食うなんてあるわけない」

二つ目の決まりはチャムーラ村で着ていた服は二度と着ないことだった。「そんなインディオみたいなことはやめろ。道端で服を売ってる連中がどんな扱いを受けてるかぐらい分かってるだろ」三つ目は明快にして簡潔だった。

「俺が話をしている間、顔を上げるんじゃねえ」この最後の決まりごとには抗議の余地は一切なかった。「お前は俺の言うことに全部従うんだ。犬みたいに吠えろと俺が言えば、お前はそうする。俺が呼べば、聖人に服を着せているときでも、聖人のことは放って、すぐに俺のところに来るんだ」

　オノリーナにとって、これらの決まりごとは当然守るべきものだった。ただ、食べることに関わる第一の決まりだけは例外だった。彼女は食べることに目がなく、一日中、手当たり次第に何かを口に入れていた。彼女は夫が借りたみすぼらしい部屋でお菓子をこしらえ、午前中はそれを売りに出た。彼女は何かの時のために、自分のブラウスの中にいつも小銭を忍ばせていた。だが、フロレンシオには呪術師のような眼力が備わっていた。「胸の間に仕舞ってるものをよこせ」彼女の髪の毛を引っ張りながら命じた。「馬鹿だなお前は。それでも隠したつもりか」彼はそう言いながら、さらにびんたを食らわす。歯が折れようが、口から血が出ようが、彼の暴力の勢いは止まらない。隣近所に住んでいる人たちのほとんどはチアパスから出てきた人たちだったのだが、彼女が毎日夫から受けている身体的・精神的虐待のことを知ってはいても、誰も口出しできなかった。彼女はフロレンシオ・ルネスの財産だったからだ。

第一の決まりが破られるケースはたくさんあった。フロレンシオは夜遅くになるまで帰らないことがよくあったので、彼女は夫が家に戻る前に、こっそりと少しだけ食べていた。だが、夫の目は節穴ではなかった。彼は家に戻ると真っ直ぐに鍋に向かい、中にどれだけ入っているかを確かめた。また、汚れた皿がないかもチェックした。不審なところがあると、何も言わずに鞭を取り出し、明け方だろうが、彼女を滅多打ちにした。それでも彼女が頻繁に決まりを破るので、フロレンシオは料理に使える量を規制し始めた。「ここに二摑みの豆と一摑みの米を置いとくからな。今日、料理に使えるのはこれだけだぞ」そして、さらに付け加えた。「豆一個でも先に食ってみろ、すぐに分かるからな。なんで叩くの、なんてもう言わせねえぞ」彼女は何も言わず、ただ頭を下げて承諾の意を伝えた。男の心のどこかには憐憫の念が潜んでいたのかもしれない。しょっちゅうではなかったが、叩いた後、彼女の体を抱き寄せ、頭を撫でてやることもあった。「俺は意地悪でこんなことをしてるんじゃないんだ。お前が独りでできるようになってほしいからなんだ」頭を撫でられることや、自分からは何も言わないのに優しい言葉をかけてもらうことで、彼女は自分は本当に幸せだと思った。「人生は悪いことばかりじゃないんだ」自分は頭の天辺から足のつま先まで不幸の塊だと思いたくなるような瞬間の記憶を拭い去ろうとでもするかのように、彼女は頬をつたう涙を手で拭いながら、先住民の言葉で考えるのだった。だが、不幸は不幸を呼ぶ。ある日、彼女は自分が妊娠していることに気がついた。彼女は自分の体が恐怖でがんじがらめになっていくような気がした。夫にどう伝えればいいものか、彼女は頭を抱えた。「自分ひとりの身を守るのも大変なのに、お前までどうやって守ればいいだろう」彼女は徐々に膨らんでいくお腹をさすりながら、お腹の中の子に向かって話しかけた。

やがて、何事にも疑い深いフロレンシオが、部屋に自分たち以外の誰かがいることを察知した。彼は臭いを嗅ぎ回り、部屋の隅々まで見て回り、オノリーナの様子を伺った。不審に思った彼は、スペイン語で訊いた。「どうかしたのか」彼女は床から視線を離さず、いつものようにツォツィル語で答えた。「何があるというの？　何もないわよ」

男は大きく溜め息をついて、むき出しのトタン板の天井を見上げると、右手で彼女に合図した。

「こっちに来い」彼女は、家の中にあるたった一つの椅子に座った男のもとに、すごすごと歩み寄った。彼女が近寄ると、男は命令した。「跪(ひざまず)け」

彼女は恐怖に取り憑かれた。心臓が高鳴り、頭は恐怖心でいっぱいになり、もはや何も考えられない。何かが炸裂するのを本能的に感じ取ったその瞬間、彼女は思わずお腹に手をやった。彼女はそのまま、髪を引っ張られて、地面に引き倒された。

「お前、がきができたんだな」夫が、世界にはこれほど早く飛ぶ矢はないのではないかというくらいのスピードで訊くので、彼女は嘘がつけずに、本当のことを言ってしまった。彼女はその時初めて、地面に跪いたまま、顔を上げ、自分の主である男の顔を見た。三つ目の決まりを破っていることを分かっていながらも、言葉のひとつひとつを噛みしめるかのようにゆっくりと、夫の問いに答えた。「はい、妊娠してます。でも、あたし一人で妊娠したんじゃありません」そう答えるオノリーナの口調は彼にプランテーションでの出来事を思い出させるものだった。彼が命を奪うことになった、あのエウフェミオの口調そのものだった。記憶を呼び起こされた夫は、瞬時に頭に血が上り、かっとなった。その時は酔っ払っていなかったので、かっとなったのはアルコールのせいではない。彼女の物言いがフロレンシオの逆鱗に触れたのだ。怒りを抑えきれなくなったフロレンシオは壁に掛けてあった鞭を摑むと、これでもかと言わんばかりにオノリーナを打ち付けた。「このろくでなしの犬が。お前なんか殺してやる」フロレンシオはものすごい剣幕で叫びながら、彼女を鞭で叩き続けた。彼女はお腹を抱えて体を丸めるのが精いっぱいだった。「言っただろ。俺が話をしてる時は顔を上げるなと」とフロレンシオは付け加えた。鞭を振る腕が疲れると、今度は足で蹴りつけた。さらに十六平米の部屋で転がるオノリーナを蹴り続けた。吹き荒れるハリケーンが通り道にあるもの全てを吹き飛ばしてしまったかのように、鍋や水の入ったバケツはひっくり返り、コンロはふっ飛び、皿は割れ、ものが床一面に散らばった。口と鼻から血を流しているオノリーナは、ついには意識を失って、動かなくなった。男は後ろも振り向かず、家を出て行った。大きな物音がするのに気づいていた隣の部屋の人たちが、ある者は心配になって、またある者は単なる興味から、男がそそくさと出て行って、辺りが静かになった隙に、様子を見に行った。床に倒れたままのオノリーナは意識がなく、叩かれたところの傷からは夥しい量の血が流れていた。気を利かせた誰かが警察に電話をした。「女の人が殴られて死んでるみたいなんです」数分もするとパトカーがやって来た。すぐに救急車が呼ばれ、傷を負い、気を失っているオノリーナは町の総合病院に運ばれた。救急病棟に運び込まれた時、彼女は意識がなかった。殴られたことは明白だった。目には大きなあざ、体全体に内出血と擦り傷があり、腕と胸には血糊がべっとりついていた。診療に当たった医師は女が膣から大量に出血していることにすぐに気がついた。強姦されたのではないかという疑いは消えた。女は長い間意識を失っていたのだが、意識を取り戻すと、すぐに検察庁の役人がやって来て事情聴取を始めた。だが、簡単にはいかなかった。まず、役人の言葉は女の耳によく届かないようだった。それに、届いたとしても、口の中も腫れ上がっており、女はうまく喋れなかった。「あなたの名前は？」調査官は通り一遍の質問をした。女は頭を左右に振った。女はある言葉をとっさに思いついた。「あたしはツォツィル」傷ついた鳩の鳴き声のようなささやき声がコミュニケーションの道を開いた。「ああ。そういうことか。それじゃ、君の言葉ができる奴を連れて来よう」自分が何を言っているか女には理解できないことが分かっていながら、調査官は女に向かってそう言った。それから間もなくして、通訳を介して、女の身に起こったことの概要と暴力を振るった男の素性が調査官に伝えられた。

フロレンシオにも一応、後悔した瞬間があった。妊娠した自分の女に暴力を振るった後、酒場に入ったフロレンシオはしばらくの間後悔の念に駆られた。やり過ぎたと思った彼は、少なくともその夜は、自分の家に戻る気がしなかった。少しだけ酒を飲んで気を紛らせてから、仕事場の同僚が寝泊まりしている大部屋に向かい、空いている場所を見つけて、そこで寝た。「明日は明日の風が吹くさ」自分を慰めるかのように独り言を言った。多少は、気がとがめた。自分の女への懲罰とは言え、度が過ぎたことは自分でも分かっていた。だが、夜が明けると、そうした自責の念はもう消えていた。仕事をしていると何もかも忘れた。休憩の時間にふと、妻はどうしているか、家に帰って確かめたくなった。だが、それは考えただけで、実際には行動に移すことはなかった。あれだけ叩いたり蹴ったりすれば、きっと物売りには出られないだろうと思った。「今日は休んでればいいさ。俺が酷い奴だなんて言うわけない。叩くけど、可愛がってやることもあるんだ」彼は自分にそう言い聞かせた。

総合病院が作成した診断書、検察医の証明書、そして検察庁が作った報告書が揃うと、犯人の捜索が開始された。お昼を回った頃には、容疑者は警察によって身柄を確保された。裁判所が出した逮捕状が彼の働く仕事場の責任者に提示されたため、彼は即座に逮捕された。「さあ、来い。少し聞かせてもらいたいことがある。すぐに帰してやる」警察は彼に手錠をかけながらそう言った。自分たちの人夫頭が連行されていく様子を物珍しげに眺めている彼の仲間たちにも同じことを言った。後日、同じようなシチュエーションで警察から再び「すぐに帰してやる。少し付き合ってもらうだけだ」と言われるのだが、実際には何日もかかることを、その時には彼らはすでに分かっている。

初めて留置場に放り込まれることになったフロレンシオは、これから自分はどうなるのか分からず、心中穏やかではなかった。

「なんで？　一体、俺はなんでこんなところに連れて来られるんだ」彼は警官たちに訊ねた。

「心配するな。すぐに全部分かる」そう言われると、彼はパニック状態に陥った。逮捕されたのはきっとエウフェミオを殺したからだと思った。

オノリーナに振るった暴力が理由であるなどとは思いつきもしなかった。

裁判所で手続きをする中で、彼が逮捕された理由を秘書が教えてくれた時、彼のパニック状態は解消した。秘書の説明によれば、彼が妻に怪我を負わせるという犯罪を犯し、さらに暴力の結果として妻が流産したため、裁判所は彼への逮捕命令を出したのだ。彼は苦行からやっと解放された思いでほっと息をつき、「そういうことか」と安堵の言葉を吐いた。

逮捕から二十四時間経って、彼は検察庁の尋問室に呼ばれた。その数時間前には、検察官に呼ばれた妻のオノリーナが、夫から受けていた家庭内暴力の実情について話し、そして今回何が起きたのか、愛する夫から何をされたのかを説明していた。病院から提出された診断証明書には、傷と打撲は全治二週間で、命に別状はないと書かれていた。と同時に、女は妊娠十三週目であったが、流産したこと、またそれは殴打されたことが原因とみられることが記されていた。暴力を受けた女の供述に悪意や虚偽申告の様子は窺われなかった。女はただ、もっと公正な扱いを受けることと、あまり殴られなくて済むことだけを求めていた。

それに対して、フロレンシオは一貫して自らの行為を正当化した。

「検事さん、俺は命を奪おうなんてこれっぽっちも思っちゃいませんよ。俺はただ、あいつの素行が悪いから罰を与えてやっただけなんです。あの日、俺がいつものように笑顔で家に帰ると、あいつがおかしな顔をして怒ってるんですよ。そんで、何かあったのかって俺が訊くと、あいつはまともに答えないんです。仕方ないじゃないですか。鞭を取り出して、少し叩いてやったんですよ。あいつは大体、躾がなってないんです。だから、俺がやってるのは、全部あいつを躾けるためなんです。検事さん、俺はこの女を手に入れるために、三年以上働いたんです。それでも足りなかったくらいだ。ちゃんと躾けられた女なんてとても高くて、俺には無理です。貧乏人は手に入るもので我慢するしかないでしょう。だから、俺があいつを躾けてるんです。スペイン語だって話せやしねえ。俺がどんなに教えてやったって、覚えやしねえ。あいつの頭、固いんですよ。あいつが妊娠してることを俺が知ってたか、ですか。そんなの知ってるわけがないでしょう。そんなこと一言も言わないんだから。そうだな、どう言えば本当のことを言ったことになるのか分からねえけど、仮に妊娠してることを知ってたら、あいつがどんなに生意気なことを言っても、俺は大目に見てたかもしれねえ。だけど、そんなの知りようがないじゃねえですか。そもそも俺はあいつに礼儀を欠くなって言ってあるんだから。検事さんたちの世界ではどうなのか、俺はよく知らねえけど、俺たちが住んでるあっちでは、それが親父や親父の親父たちから教わってきたやり方なんです。いいことに決まってるじゃありませんか。俺たちはいまだにそうやって暮らしてるんだから。俺は毎日ラバみたいに働いてるんです。それもあいつを食わせてやるためですよ。

ここに連れてきて六か月も経ちゃしねえのに、こんなことになっちまって。こんな仕打ちを受けることが分かってりゃ、牛を二頭買うか、いっそのこと金は全部酒に使ってますよ。罰を与えちゃ良くないっておっしゃるんですか。冗談じゃない。そんなことしたら、あいつは図に乗って、俺に何しでかすか分かったもんじゃねえ。まあ、ここから出してもらえるんなら、もうやらねえってお約束しますがね」

「サインですか。サインくらいできますよ。学校にはちゃんと行ったんだから。だけど、留置場にもっと入ってないといけないってのは一体どういうことですか。何が問題なんですか」

オノリーナが自分の家に戻って来たことはすぐに隣近所の人たちの知るところとなった。彼女の家の周りには、民芸品や織物を抱えて観光客相手に売り歩く、チアパスからやって来た様々な先住民が住んでいた。彼女の家もそういった連中が暮らす家と同じで、汚らしい掘立小屋だった。だが、彼女は周りの人たちとはほとんど付き合いがなかった。それにもかかわらず、特に同じ村の出身の女たちは、頼みもしないのに、あれこれ助言しにやって来た。あんな酷いことする旦那はそのまま刑務所に入れてしまえばいいと言う者もいれば、留置場から出してやった方がいい、でなきゃ仕事を失うと言う者もいた。どちらにも一理あると思った彼女は悩んだ。「留置場にいるあの人はどうしたもんだろう。あたし一人で仕事に出るとして、一体誰があたしを守ってくれるの？」いくら考えても、答えは見つからず、その晩はよく眠れなかった。叩かれるのも痛いが、よく知らない世界で自分を守ってくれる人がいなくなる方がよっぽど怖かった。散々考えた挙句、人間としての生き方を求める以前に、自分にはある厳然たる事実があることを思い出した。「所詮、あたしは女なんだ。それだけのこと。あの人が支払ったお金の分だけの女。それは紛れもない事実なんだ」それが彼女の出した最終的な答えだった。

太陽の光が街を照らし始めた早朝、彼女は家を出て、検察庁に向かった。早朝だったので、検察庁に着いたときは、職員たちが事務所にようやく姿を現し始めたところだった。彼女は恐る恐るある秘書のところへ行き、何時間も前から練習してきた言葉で話しかけた。「検事さんと話がしたい」秘書が顔を上げると、目の前には、暴力を受けたことがありありと分かる、顔を腫らした女が立っている。「あたしを叩いた……あたしの夫……留置場から……早く……出したい。あたしが悪い」女は何とか分かるスペイン語で口ごもりながら言った。秘書はこの女を覚えていた。昨日、チアパス先住民に付き添われてここにやって来て、夫に負わされた怪我のことで告発状を作成したあの女だ。

「あそこの椅子に座って待ってて下さい」秘書は椅子を指差した。「検事がおいでになったら、お呼びしますから」昨晩眠れなかったこともあり、椅子に座ると、彼女は眠ってしまった。誰かに体を揺すられているのを感じて、目を覚ますと、「奥さん、どうぞ。検事がお待ちですよ」と秘書から声をかけられた。

検事を前にすると、彼女は緊張でパニック状態に陥った。頭の中にあったはずのスペイン語の単語は忘却の灰に埋もれてしまい、何か話そうとするが、どんなに頑張っても、一言も話せなかった。パニックになった時はいつもそうなのだが、彼女の目は虚ろになり、胸が高鳴り、体全体から冷たい汗がだらだらと流れた。その様子を見ていた秘書が、女は何の用事で来たのか、代わりに説明してやった。

「いらした時、旦那さんを許してあげたいのだとおっしゃってました」

秘書は検事にそう伝えた。

「いつもと同じだな」検察庁の役人は呆れた顔をして言った。「叩かれ、怪我をさせられ、辱められてるのに、それでも許してやるんだ。仕方あるまい。あの男を連れて来るように言いなさい」

フロレンシオがやって来ると、彼女は口を完全に閉ざした。検事がフロレンシオに、妻を二度と殴らないという誓約書にサインをさせている間、彼女はずっとうつむいていた。「次はこういうわけにはいかんぞ。流産となれば、長期の刑務所暮らしが待っている。今回は奥さんが許してくれたから、免れただけだ」この男は状況を完全には理解していないのだろうと思いながらも、検事はそう言って聞かせた。

だが、男は理解しているようだった。家に戻ってしばらくの間は、以前とは明らかに違う、紳士的ともいえる振る舞いを見せていた。女がやっていた物売りは、売る商品を持ってくる卸屋に売り上げの大半を持って行かれるだけだから、やめろと言って、行かせてくれないほどだった。だが、喉元過ぎれば何とやらで、彼が日常の生活に追われだすと、以前と同じことが始まった。「男って奴は変わらない。結局、あれも単なるメッキだったんだ」横柄な態度で自分を罵る夫を横目に見ながら、彼女はそう思った。安らぎの日々はもはや過去のものとなった。憐れみすら一切見せない夫の暴力で、彼女は自分をいたわる気持ちさえ失った。「あたしたちを苦しめるのが男だということはどうでもいい。あたしたちが、苦しめられる運命の女であることが問題なんだ」これまで自分の身に起きたことを思い出しながら、彼女はそう思った。その後、二度出産したことで、生まれ故郷に逃げて帰るという彼女の夢は潰えた。最初の出産は女の子だった。しかし、生まれてから数日後、何が原因かも分からないまま、あの世へ行ってしまった。二人目も下痢が原因だった。たった三か月で同じ運命を辿った。三回妊娠したのにみな死んでしまった。その後生まれたエリーアスは今三歳、トマスは一歳になったばかりだ。この二人の間にはもう一人生まれるはずの子がいた。この子は一番最初の子と同じ理由による流産で命を落とした。ただ最初の時とは違って、この時はフロレンシオを訴えなかった。彼女は幾度もフロレンシオから逃げようと思った。だが、子供が二人生まれ、元気に育っている今となっては、鎖で繋がれたようなものだ。自分の幸せを壊してばかりいる男にくっついているより他に選択肢はないのだ。「あたしはこれまでいろいろと辛（つら）い思いをしてきたけど、たったひとつ良かったことは、生きてる二人の子供のどちらも女の子じゃなかったってこと」彼女はそう思いながら、二人の子供をレボソ〔メキシコ先住民の伝統的衣装の基本的アイテムをなすショール〕に包んで後ろに背負う。子供たちを背負うと、バランスをとるかのように両手には売り物を提げて、一日中街に出て歩き回る。子供たちの父親は子供たちに愛情を示さなかった。彼は子供には全く無関心だった。「今はお前がかわいがってやれ。物心がついたら、ちゃんとした男になるように俺が躾けてやる」夫は彼女にそう言うだけで、子供には見向きもしなかった。

しかし、悪いことはいつまでも続かなかった。フロレンシオがあれだけ自慢していた自分を守ってくれるという幸運の星もやがて輝きを失い始めた。彼は酒と女に溺れる生活を続けていたのだが、少ない稼ぎで足りるはずもなく、他からなんとか金を手に入れようとした。妻が過労で倒れそうになっている時でも、休むことを許さなかった。そして、彼女が街を歩き回って、観光客に織物や民芸品、アクセサリー類を売ってやっと手に入れてきたお金を全部巻き上げた。それでも足りないので、かつては用心深かったこの先住民も、ついには違法行為に手を染めた。人を欺く弁舌に長けた彼は、建設中の新しい埠頭の資材置き場にいる監視人を、分け前を弾むと言って丸め込み、セメントの入った袋を何十袋と盗み出したのだ。毎週大量のセメントが盗まれるものだから、建設会社の現場監督は刑事事件として告発せざるを得なくなった。

フロレンシオは、いいことであれ悪いことであれ、自分のとった行為がどれほどのものであるのか、あまり考えなかった。しかし、建設中の長い埠頭の先端部から、州警察が工事現場に出入りする建設労働者たちへの検問をやっているのを目にした時は、さすがに彼も自分のしでかしたことの重大さに気がついた。これだけ大規模な取り締まりが行われるのは、自分のせいであることに疑いの余地はなかった。検問を避けるため、彼は海に飛び込んで、岸まで泳ごうと考えた。だが、海の方に目をやると、警察のボートが監視していたので諦めた。彼はうなだれて、大きな溜め息をついた。「くそ、だめか。やっちまったものは仕方ねえ。俺の運も尽きたってことだ」仕事の仲間たちは、五年も経たない内にまた手錠をかけられている彼を、振り返って見ようともしなかった。「心配するな。ちょっと話を聞くだけだ。すぐに帰してやる」誰も訊いてすらいないのに、警察官はそう言った。今度は前回のようにはいかなかった。建設会社の社長は酷く怒っていた。信頼を裏切られたことに対する報復として、この先住民には厳罰が下されることを求めた。雇い主の恨みは刑務所の中まで尾を引いた。

「ここじゃ、指図するのは俺なんだ」独房を与えられているある受刑者が彼に言った。「何しでかしたかは知らねえが、ここに来ちまったからには、でかい顔をするんじゃねえぞ。俺がおめえに犬みたいに吠えろと言えば、おめえは犬になるんだ」そう言い終わると、男は笑った。ここではこの男の手下になるしかないことは明らかだった。

彼の幸運の火は燃え尽きようとしていた。彼の窃盗には十分な証拠が揃っていたため、容疑を否認することはできなかった。逃げ道は全て塞がれており、本当のことを言うしかなかった。

かなり経ってから、彼は鉄格子の面会室に呼ばれた。そこで、容疑を認める内容の調書にサインをさせられた。そしてさらに、判事は彼を有罪とし、四年と二十日間の禁固刑を科したことが告げられた。だが、拘束されてからすでに一年が経とうとしていたので、刑のかなりが消化されていた。また、四万九百ペソと六十センターボの保釈金を払いさえすれば、釈放してもらえることも知らされた。オノリーナは毎週、二人の小さな子を連れて彼に会いに来ていた。エリーアスはまだ物心ついたばかりで、知らない変な人を見るような目で彼を見ていた。小さい方の子は何も分かっていない様子だった。

「なんで子供なんか連れてくるんだ。誰か近所の人に預けてくればいいだろ」彼はそう言ってみた。「そしたら、二人で隅っこに行って、やることもできるじゃねえか」女は笑ってみせるだけだった。

フロレンシオが刑務所に入っている間、オノリーナは自分自身を取り戻していた。一日の売上を報告しなければならない相手は、売る商品を持ってきてくれる人だけだ。たったそれだけで、彼女は幸せな——そう呼んでも、いいのであればだが——気がした。

これは彼女にとって初めての、真の意味での自由だった。その感覚は日増しに大きくなっていった。夫に面会に行った際に、優しい声をかけて誘っているのにその気にならないことに腹を立てた夫から、髪の毛を引っ張られた時、彼女は違和感を覚え、急に立ち上がった。そして、大きな声で夫に向かってはっきりと言った。「そんなことするんだったら、あたしはもう二度とここには来ないからね」腹を立てたフロレンシオは彼女を睨んだが、すぐに考え直した。仕方なかった。彼は初めて弁解した。「俺はただお前とやりたかっただけなんだ。だって、お前は俺の妻だろ。もしかしたらお前もやってみたいと思うようなやり方を思いついたんだ」カードは今自分の手の中にあることに、彼女は気がついた。「週に一回は来てあげる。だけど、それが当たり前だって思わないで。あたしは売春婦じゃないんだ」これで勝ちだと思った彼女は、最後に付け加えた。「この子たちを育てていくのに働かなきゃいけないってことくらい分かってくれるでしょ。だから、ラバをそんなにいじめないで。

ラバだって噛み付くわよ」

　かつて自尊心の塊だった男は苦虫を噛み潰す思いで彼女を見つめた。あんなに金を出した女が、今や自分に条件を付けている。

「金を用意しろ。保釈金を払って、俺をここから出すんだ。そしたら、全部変わる。出れたら、お前に不自由はさせねえ」彼はそう言って頼んだ。

「いくら払ったら出してもらえるかなんて聞く必要もないだろ。どうせ何万ペソも要るんだから。そんな金どこにあるんだい。あんたの子供たちの食い物を全部取り上げたって、そんな金出てきやしないよ」彼女はそう言って、夫の望みに蓋をした。

　生活は苦しかった。だが、幸せだった。彼女と刑務所の中にいる男とを結び付けているものは愛情ではなかった。二人を結び付けているのはたった一つ、売買に伴う倫理だけだった。「あたしはあの人のモノ。あの人は自分の金であたしを買ったんだ。だから、あの人があたしを持ってる」彼女は、一日の仕事を休んでまで刑務所へ面会に行かねばならないことへの不愉快さを、そう考えることで打ち消した。一方、フロレンシオもその女に愛情という感情を一切感じたことがなかった。どんなに眺めてみても、女の褐色の顔には惹かれるような美しさはひとつもない。全くないとまでは言わないにしても、彼の心が揺さぶられるほどのものではなかった。彼女は彼の男としての欲望を満たすだけの存在だった。しかも、彼のやり方は売春婦を相手にするのと全く変わらなかった。だから、車を盗んで服役しているある男からこんな話を持ちかけられた時、彼はひどく驚いた。

「おい、きょうだい、おめえんとこのかかあ、超いい女だな。二百ペソやるから、ちょっとやらしてくんねえか」

二百ペソという額を聞いて彼は心を揺さぶられた。しかし、それ以上に、自分の女が自分ではない他の男に、気に入られることがあることに驚いて言葉を失った。彼は自分の女をつまらない、可愛げも、何のいいところもない女だと思っていた。「自分の女じゃなけりゃ、こんな女を相手にするのに一ペソだって出すもんか」と何度思ったことか。男の言葉を聞きながら、彼は悔しそうな顔をした。

「二百ペソだぞ、きょうだい。おめえは子供の相手をしてりゃいいんだ。その隙に俺が夫婦部屋に行ってくらあ。金のこたあ、心配すんな。前払いだ。考えとけや、きょうだい。いい返事、待ってるからな」

彼の頭の中にはいろんな感情が渦巻いた。変な気持ちで胸が疼いた。胃には穴が開いたような痛みが走り、その痛みは段々と強くなっていった。「俺は焼きもちでも焼いてるのだろうか。違うかもしれねえ。だけど、焼きもちだとしたら、みっともねえ」頭の中で一人そんなことを考えていた。だが、これまでもそうだったが、悩み事は大抵翌日には消えてしまい、最後は地下三メートルの深さに葬り去られるのだ。二百ペソはさすがに心が動かされる額だ。よく考えた末に、彼は話を持ちかけた受刑者に会いに行った。

「どうだい？　ちゃんと考えてくれたかい？」

「その件で来たんだ。あいつが来たら、知らせてやらあ。金はあるんだろうな？」

「当たり前さ、きょうだい」男は周りを見ながら、小さな声で言った。

「嘘じゃねえぜ、きょうだい。あのメス、俺は気に入ったんだ。いいだろ、俺に売ってくれよ」

　地中奥深くに埋めておいた、死んだはずの感情が勢いよく噴き出した。思わず喉が詰まり、息ができなくなるほどだった。彼は意味もなく頭を掻いた。そして、平静を装いながら、無造作に言った。

「分かった。売ってやらあ」

「よっしゃ、きょうだい。おめえ、話の分かる奴じゃねえか」

その週はずっと、自分の女に話をどう切り出したものか、知恵を絞った。思い付く限りのあらゆる方法と妻が示すであろう反応を考えた。危なそうなやり方を排除しながら、いかなる場合でも反論を許さない手立てを考えた。「失敗したら、もう絶対に会いに来てくれなくなる。承諾してくれるんなら、五十ペソくらいくれてやってもいい」だが、面会に来ることになっていた土曜日、妻はやって来なかったため、計画は頓挫した。午後になって、子供が病気になったので病院に行っているとの知らせが届いた。「くそがきめ。よりによってこんな時に病気しやがって」必要だと言っているのに金を持ってこない妻の言い訳から攻め崩そうと思っていたのに、できなくなったことを彼は悔しがった。「仕方ねえ、子供が死なねえことを祈るだけだ。死んじまったりしたら、あいつはもっと来れなくなる」嘘とも本当ともつかない愚痴をこぼした。実際、フロレンシオは残酷で冷酷、かつ他人に対しては思いやりのひとかけらもない男なのだ。彼には重苦しくやきもきする日が続いた。例の二百ペソは自分のポケットに入ったも同然なのに、妻がやって来るまで、予期しない日がさらに何日も続いた。彼は金をくれる男に自分の妻を引き渡すための戦略を幾度も練り直した。

妻がついにやって来た日、彼はまるで別人のように、女の体を抱き寄せた。そして髪を優しく撫でながら、子供の具合を尋ねた。夫は何か企んでいるに違いないと彼女は思った。夫の汚いやり方は百も承知だ。「何か隠してる。あたしはこの人のことは手に取るように分かる」彼女の推測が間違っていないことはすぐに分かった。フロレンシオは単刀直入に切り出した。

「お前を気に入ったという奴がいるんだ。そいつがお前とやらしてくれたら、二百五十ペソくれるって言うんだ。しかも前払いで」彼は言い終わると、話を拗らせないように少し間を置いた。「どうだ？　言っとくが、これは強制じゃない。お前次第だ。それにおれは二百だけでいい。五十はお前にやる」

彼女はずっと下を向いたままだった。ゆっくりと顔を上げると、何も言わずに小さい子を腰に抱え、もう一人の子の手を取った。

「あの男の人はお前たちの父さんじゃないからね」彼女は先住民の言葉で子供たちに言った。

それからというもの、彼は何週間も刑務所の少ない食事で我慢をしなければならなくなった。妻たちが面会に一切来なくなったのだ。頭に来た男は、どうやって復讐してやるか、そればっかりを考えた。「俺の見つけられないところに行けるとでも思ってるのか」男は暗闇の中で一人静かにそうつぶやくのだった。

夫がいない間にオノリーナは自立してやっていける女に成長した。初めて手にした大きな自由だった。自分自身の必要に応じて生活を組み立てる術を覚えた。毎日売って歩く織物を持って来てくれる同郷の者たちから搾取されないよう、喧嘩もするようになった。

この自由は自分の主が刑務所の中にいる間だけのものであることは分かってはいた。それでも彼女はその自由を謳歌していた。「出て来なければいいのに。できれば、ずっとあそこにいて欲しいわ」しかし、彼女を男に繋ぐ売買という見えない糸は、彼女には自分で断ち切ることのできないほど太いものだった。頭をよぎらないわけではなかったが、自分の文化的規範に反するようなことはどうしてもできなかった。「私を買った男から逃げて帰ったりしたら、おじいさんが恥ずかしい思いをすることになる」彼女は、夫の恐怖に苛まれながら生きていかねばならないことを考えるだけで募る、不安に蓋をしようとした。

「背中の曲がった人を真っ直ぐにするなんて、神様にお願いして奇跡を起こしてもらうしかない。お日様はどんなに頑張ったって、夜には勝てないのよ」夫が予定よりも早く出所することになったので、迎えに行くように知らせに来た刑務所で働くソーシャル・ワーカーに向かって、彼女はそう言った。

「あたし、スペイン語があまりしゃべれないから、同じ村の出身の人について行ってもらいます」ソーシャル・ワーカーは、問題ないと言った。

フロレンシオがサインした誓約書には出所の条件として、法律をきちんと守り、不正を働かないこと、またそのために妻が保証人となることが書かれていた。サインが終わると、裁判所の秘書官は、誓約書の内容に背いた場合は、残っている十八か月の刑を終えるために再び収監されることを告げた。

それゆえ、彼は妻の元に戻っても、叩かれた犬のように大人しくしているしかなかった。刑務所の中で抱いていた復讐心は封印されることとなった。「しばらくの間だけだ」彼は小声で自分に言い聞かせた。

Ⅱ

記憶が眠る灰を掘り返すのは野暮だよ。時には触らずにそのまま放っておいた方がいいこともあるんだ。まあ、あんたには何かの意味があるんだろうね。だけど、あんたがあたしに思い出させようとしてるのは、本当は忘れてしまいたいようなものなんだ。今、あたしはこうして自由のない生活を送ってる。刑務所に入れられてる人を指してみんなはそう言うわけだけど、あたしの場合は以前はできなかった贅沢ができるんだ。たとえば、こうして昔の消えた灯りに火を点してみたり。

子供の時、あたしは幸せだったかって、あんたは訊いたよね。そりゃ、そうさ。育った環境はどうであれ、どんな人だって、ほとんど同じことを言うだろうよ。みんな口を揃えて、そうだったって言うさ。子供の時って、実際、何も分からないじゃないか。大人がやってることなんて何も理解できない。大きくなれば、子供なりに欲しいものも出てきてさ。だけど、大抵の場合、それはなかなか手に入らないものさ。あんたにとっちゃ、取るに足らないようなものかもしれないけどね。あっちの山の方じゃ、三博士とかサンタクロースとか、そんなものは誰も知らない。なんだって？　だから、他にも理由はいろいろとあるけど、あんたは幸せなんだよ。誰かに何かを恵んでもらおうなんて考える必要はないんだ。子供の頃は、男とか女とか関係なく、一緒にいろんなことをして遊んだもんさ。木にだって登った。パカイ〔アイスクリームの豆の木とも呼ばれるマメ科の木〕やグアバ、マンゴー、登れる木はなんでも登ったねえ。輪になって歌ったり、かくれんぼをしたり、日が暮れるまで遊んでた。もちろん、家の仕事も手伝ったよ。山の麓まで薪集めに行ったり、丘の麓から湧き水を汲んで来たり。だけど、仕事も遊びの一部だった。だから、子供時代には辛い思い出なんてないんだ。兄さんたちはもう遊んでいられなかった。男だから、朝早くから野良仕事だよ。「生きていくためには、どうやって畑で作物を育てるかを学ぶことが一番大事なんだ」母さんが、子供たちはもう学校に行く歳だって言うと、父親からそう言われて叱られてた。あたしは学校に行っちゃいない。字の読み方も書き方も教わっちゃいない。何も教わらずに大きくなったんだ。勉強する必要なんて全然感じなかった。もちろん、今は違うよ。大人になったら、何も知らないでいるなんてできやしないじゃないか。自分の名前すら書けないことを知った時は、情けなかったねえ。だけど、子供の時はそんなことは大したことじゃないんだ。あたしがとっても辛かったのは、いや、悲しかったのかもしれないけど、それは母さんが死んじゃったことだね。あたしはもう十一歳になってて、なんでも分かる年頃だった。母さんはあたしを守ってくれるたった一人の人だった。その人がいなくなったんだ。その日以来、あたしの歩く道は闇に包まれ、今でさえ道を照らす光は差してこない。

　母さんがいないということはあたしにとっちゃ大変なことだった。あの頃だけじゃなく、ずっとそうさ。あたしはこれまでずっと辛い思いばかりしてきた。生きるってのはこんなに大変なものなのかい。だったら、あたしはきっと不運の星の下に生まれたんだ。でなけれりゃ、悪いことばっかり起こる場所に生まれちまったんだ。母親を必要としない者なんかいない。どんなに酷い人だって、母親は母親さ。母さんは誰かの妬みのせいで死んだって父さんは言ってた。今は分かってるよ。母さんが死んだのはそんなことのせいじゃないって。第一、貧乏な家族を誰が妬んだりするもんか。あたしたちの家には何もなかったんだ。人の妬みを買うものなんて何もなかった。殺したからって何の得があるんだい。呪術師を雇うだけ損だよ。母さんは胃癌か何かで死んだんじゃないかってあたしは思ってる。空腹続きだったから、きっと腸がくっついちまったんだよ。母さんはかわいそうに、水しか飲めないような日が何日もあった。トルティージャや豆を少しでもたくさん、男たちに食べさせようとしてたんだ。雨季になると、よく林にきのこ採りに行ったもんさ。あれはごちそうだったねえ。だけど、そのうち、みんなが林の木を切り始めたんだ。すると、雨が降ると、土砂崩れが起きた。林がなくなったから、きのこなんてもう手に入らない。まあ、生まれた土地のことなんかもう何年も前から分からなくなっちまったけどね。懐かしいねえ。山から降りてくる涼しい風、夜明けの光を受けて輝く草花。ここにそんなものはない。暑さで、体の外側だけじゃなく、中まで干からびそうになるじゃないかい。目を休める場所さえない。見渡す限り平らな大地だけ。

洞穴も、山も、目につくような丘もない。

もしかしたら、いや違うかもしれないけど、結局誰にも分からないんだけど、もし母さんが生きていたら、あたしはここにはいなかったかもしれない。娘を嫁に出す時に結納金をもらったり、子供を売ったりすることを、母さんは野蛮人のやることだって言ってた。あたしは母さんがそう言うのを何度も聞いたことがある。母さんの声は乾季になるとちょろちょろと流れる川の水みたいに優しかったんだけど、その優しい声で、男が得をするだけで、女には辛い仕打ちでしかない、そんな伝統なんてなくなればいい、って言ってた。だけど、所詮女だからさ。誰も聞いてくれやしない。父さんには別に恨みがあるわけじゃない。全然ない。結局、あたしは女であることで、家族の何かの役に立てたんだ。フロレンシオがあたしを欲しがった時、あたしたち家族は大きな問題に直面してた。家畜が一夜にして病気になって、なかなか治らなかった。結局、一頭も治らずに死んじまった。あっという間の出来事だった。飼ってた数頭の牛が、あたしたちが暮らしていくための全財産だった。後に残ったのは何も生えてないただの丘さ。だけど、さらに大変なことが続いたんだ。母さんが病気になっちまってね。母さんの病気を治してくれるような、奇跡を起こす力を持った治療師も聖人様も村にはいなかった。母さんは、胃がすごく痛むって言って、昼も夜も苦しんでた。痛みが落ち着いたときには、まあ、そんなことはあんまりなかったんだけど、お腹の中で何かが動いてるみたいだって言ってた。何か鉤爪のある動物がお腹の中にいて、その爪でお腹を引っ掻いてる、って言うんだ。その内、誰かが呪術を使って自分のお腹に蛇を入れたんだって言い出した。ちょうどその頃、奇跡をたくさん起こしてる聖人がソヤローの村にいるっていう噂が立った。あたしたちはなんとかやり繰りして、母さんの病気を治してもらいに、サン・ミゲリート様にお願いをしにソヤローまで行ったんだけど、聖人様はあたしたちの願いを聞き入れて下さらなかった。聖人様は小さな木の箱の中に置かれていて、そこからお告げが聞こえるんだ。父さんは聖人様に母さんを治しくれるかって聞いた。何回聞いても、聖人様の声は聞こえてこなかった。「聖人様はお気を悪くされたようだ」礼拝堂の管理人はそう言った。もしかしたら、奇跡を起こすという聖人様も母さんの病気は相当大変なもので、聖人様の手に余るものだってことをご存じだったのかもしれない。自分の力ではどうしようもないことをご存じだったから、ここは聞こえないふりをしておくのがいいとお考えになられたのかもしれないね。あたしたちは、この世の終わりが来るんじゃないかというくらい悲しかったけど、母さんが死ぬのをただ見てるしかなかった。それから間もなくして、母さんは、痛い、痛いって呻きながら、死んでいった。あたしが初めて自分の村の外に出たのはその時だよ。まさか、あたしはあん時に一か所には留まっていられない癖を身につけたんだなんて言う人はいないと思うけど、あたしは随分といろんな所を歩いてきたもんだよ。考えてもごらんよ。あたしの生まれた村はここからは随分と遠いだろ。あそこを出てから、あたしはまだ一度も戻れていない。両親のお墓参りだってしてないんだ。ソヤローに行った時、行き帰りに通った道は今でも覚えてる。松や杉、樫、他にも名前も知らないたくさんの木の間を抜けて行く道だった。丘は緑に包まれてた。今じゃ、みんな禿山ばっかりさ。木の名前はたくさん知ってたよ。午後になると、母さんと一緒に、かまどで使う薪を集めに行ってたからね。母さんが植物の名前を教えてくれるんだ。だけど、あたしはまだ小さかったから、その多くはもう忘れちまった。もう一度あそこに戻れたら、もしかしたら、思い出せるかもしれないけどね。

母親がいなくなれば寂しくなるのは当たり前だよね。ましてや、あたしはいつも母さんにくっついて歩いてたんだから。母さんはいつもあたしのことを気にかけてくれててね。あたしがあんまり食べないもんだから、お前は痩せすぎだってよく言われた。枯れ枝みたいでさ。あたしはいつもそうだった。痩せて肉がついてないんだ。あたしが生まれた時にあたしが飲むはずのお乳を蛇が飲んじゃったからだってよく言われた。近くの山からこっそりやって来た蛇が、母さんのお乳にぶら下がって乳を飲みながら、自分の尻尾をあたしの口に入れて、あたしがぐずらないようにしてたって言うんだ。あたしは一生懸命吸ってるわけだけど、乳なんて出やしない。蛇の尻尾なんだから。あたしがお乳飲みたいって泣き出した頃には、もうお乳はないのさ。母さんのお乳は蛇が全部飲み干しちゃってるからね。その手のことに詳しい人に言わせりゃ、蛇は何かの音を出して、お乳をあげてる女を眠らせてるんだってさ。あたしの肉付きが悪いことを不思議に思った父さんが、もしかしてと思って、蛇がいないか気をつけてたら、父さんの作った罠に蛇がまんまとかかったんだよ。父さんはその蛇の頭を叩き切ったって言ってたけど、もう蛇が悪さをしちまった後だからさ、あたしの栄養失調はそのまんまさ。あたしはそんな話を後から聞かされたわけだけど、それが本当かどうかは分からない。あたしは自分が可愛い女だって思ったことは一度もない。肉付きが悪いんだから。それに、こんなに暑いところにいたら、汗ばっかりかいて、体の色は全部抜けちゃうじゃないかい。

あたしはずっとフロレンシオがとても怖かった。もちろん、あの人は私の最初の男だよ。女はみんな、男とやることばっかり考えてるわけじゃない。そんな簡単な女は男にとって大した代物じゃないんだ。あんただって、穴の開いた鍋なんか買いやしない。そうだろ？　簡単な女ってのは穴の開いた鍋なんだ。男はみんな、誰も手を付けてない女を欲しがるもんさ。どこでもそうなのか、あたしは知らないけど、少なくともあたしの生まれたところじゃ、そういうもんだったよ。今じゃ、もう違うけどね。若い女の子たちときたら、殻から出たかと思ったら、もう男とくっついて、やりがたるじゃないか。

あたしはあの人とずっと一緒だった。一緒にいて、たった一つだけ良かったのは、リビエラに連れて来られたことかな。何日も歩いて、やっと列車に乗ったんだけど、最初はすごく怖かった。列車は、怒った牛みたいに唸りながら、道の真ん中を走るじゃないか、あれにはたまげたね。カーブを曲がった時、列車ってのはとてつもなくでかい芋虫みたいなもんだってのが分かった。それが、長いしっぽみたいな煙を頭から出しながら、のたのたと走るだろ。あたしは膝が震えちまったよ。だけど、これでもいっぱしの女だからね。我慢したさ。そのうち、レールの上を走る時の振動音が気に入っちまった。カタンカタン、カタンカタンっていう音を聞いてると、眠たくなってくるんだ。あたしは眠たくなるのをこらえて、通過する場所をずっと眺めてた。「ここは何て言うの？」あたしの隣にいた売り子に訊くと、嫌そうな顔をしながら教えてくれた。「ここはサン・ペドロだ」だけど、あたしが何度も何度も聞くもんだから、答えるのに疲れちまったらしく、「くそったれ、もうやめろ。うるさいんだよ」ってあたしに向かって怒鳴った。あたしたちの前にいた人たちは男を非難するような目で見てた。あたしは場所の名前をひとつひとつ覚えていった。どこを通ったかちゃんと覚えとかないとって心の中で言い聞かせたんだ。だって、帰る時に、あとどれだけ行ったら降りないといけないか分かってないといけないだろ。自分の家に帰る道なんだから。つまり、あん時はまだ帰る夢を持ってたんだ。今じゃ、そんなことできるなんて思ってやしない。たまに夢で家に帰る道を探すことはあるけど、それとこれとは別。あたしを奴隷みたいに飼ってた男からやっと自由になれたんだから、あっちに戻って人生を終えるという希望をもう一度持っていいのかもしれない。できたら、いいよね。だけど、そのためにはこの刑務所から出ないといけないわけだ。

あたしは女にあるという権利のことはあんまり知らない。だけど、確かなことは、女の人生は大変だってことさ。男の考えひとつで何もかも難しくなるんだ。だって、命令するのは男だろ。間違ったからって、女が代わりに命令する訳じゃない。やっぱり男が命令するんだ。女は命令に従うだけ。だって、男があたしたちを養ってくれてるわけだから。あたしたち女にも男と同じ権利があるって言う人がいるけど、それ、一体誰が男たちに言って聞かせてくれるんだい？　誰があたしたちの父さんや兄さんたちに言ってくれるんだい？　あたしは家族の中でたった一人の女なんだ。女だから、みんなの飯を作るのはあたしの仕事さ。母さんが生きてたときは、母さんがやってた。母さんがいなくなると、あたし以外に誰がやるって言うんだい？　洗濯に水汲み。水は、家の前にある丘から流れてくる小川まで汲みに行くんだ。トウモロコシの実を外したら、それを煮るための薪を集めに行き、煮えたら石臼で碾く。これは全部、男たちが畑に弁当として持っていくポソルを作ってあげるために、あたしがやるんだ。女の一日に夜は必要ない。だって、やるべきこと全部やってたら、一日じゃ足りないんだ。女は一番先に起きて、一番最後に寝ることになるのさ。だから、女を守る法律なんて役に立たないって言ってるんだ。ましてや、女はあたしみたいに、字が読めないだろ。全部口先だけの、いんちきさ。法律があろうがなかろうが、女、特に先住民の女は、所詮、いつまで経っても同じさ。

　フロレンシオに引き渡された時、あたしは実は嬉しかったんだ。家を出た時、あたしは飛び上がりたいくらい嬉しかった。運が変わるんじゃないかと思った。今にして思えば、笑っちまうけどね。もちろん、変わったよ。だけど、あたしをこき使う男が入れ替わっただけさ。どっちがいいのか分かりゃしない。父さんや兄さんたちにしてもフロレンシオにしても、どっちもあたしから全部搾り取ろうとするんだから。もちろん、家族は家族だよ。だけど、酷いのに当たって、いろいろやらされれば、それはそれで大変さ。あたしがあの人をどれだけ我慢したか、言葉では言い尽くせない。細かいことまで説明してたら、きっと一生かかっても終わらないよ。

一緒に暮らしてる間にフロレンシオがあたしにやった酷いことは、全部を許してやってもいい。全部、記憶の墓にでも埋めて腐らせてしまってもいい。だけど、たった一つだけ許せないものがあるんだ。あの人もそれなりの問題を抱えていたことは分かってる。父親の呪詛を背負って生きるってのはさぞかし居心地が悪いことだっただろうよ。いつもそのことを気に病んでたもの。あの人はそのことで、あたしに何か言うこともなかったし、心を開くこともなかった。あたしたちは一緒に暮らしていても、いつも他人だった。あたしの心に深く突き刺さってて、許せないのは、あの人の仕事仲間と性関係を強要されたことなんだ。あの人はあたしにいろいろ酷いことをしたけど、あれが一番酷いことだと思うよ。体を売ることがどういうことか、もちろんあたしにも分かるよ。だけど、自分が望んでやるのと、強要されてやるのとじゃ、話が違うだろ。最初は口で命令しただけだった。今でもよく覚えてるよ。あん時、あたしは「お前さんの言うことならなんでもやるよ。だけど、それだけは、やらなきゃ殺す、って言われても嫌だ。知らない男とやるくらいなら、死んだ方がましだ」って言ったんだ。すると、あの人はこう言った。うんと言わなけりゃ、子供を殺すぞって。あたしが小さい方のトマシートを大事にしてるのを知ってたんだ。もちろん、エリーアスだって大事さ。だけど、小さい子は守ってやらなきゃいけないだろ。最初は自分の子供に何か悪さをするなんて信じられなかった。父親が自分の子供に愛情を感じないなんて信じられないじゃないかい。だけど、あの時、あの人は本気だってことに気がついたんだ。何より、あの時、あの人は酔っ払ってなかった。本気で言ってたんだ。建設会社の資材を盗んだ罪で入ってた刑務所から出てきて、そろそろおかしなことを言い始めてもおかしくない頃だった。あの人には刑務所に入ることの意味が分かってないんだ。何を考えたのか、突然子供に酒を浴びせたんだ。頭からつま先までびしょびしょにしちまった。子供はびっくりして泣き出すだろ。「なんでそんなことするんだい」ってあたしが訊くと、言うんだよ。「別に。こうでもしなけりゃ、お前は夫が金を手に入れる手伝いなんかしやしないだろ。おれが優しく話してるだけじゃ、お前は俺を小馬鹿にするだけで、まとまる話もまとまりやしねえ。俺が一人で馬鹿を見てるだけじゃねえか。これでも、俺を手伝ってくれねえって言うんなら、火を付けてやるぜ。ゴキブリみてえに焦げちまうぞ」あたしはそれを聞いて、心が萎えちまった。貞節を支えてた屋台骨がへし折られたみたいな感じだった。「分かったよ。あんたの言う通りにすりゃ、いいんだろ。だけど、分かってると思うけど、犬につくダニだって、犬が死んじまえば生きてけないんだ」夕方になると、あの人、仲間を連れてやって来て、あたしを手招きをして呼ぶんだ。そんで男たちが代わる代わるあたしの上に乗るんだよ。あたしは決して泣かなかった。男たちが乗っかってる間、あたしは何か楽しいことをずっと考えてた。悲しんだところで、どうしようもないんだ。あたしの旦那がポン引きになっちまったんだ。しかも、手際の良いことったらありゃしない。あたしの生理の日までちゃんと付けてるんだよ、しまいにゃ、避妊薬まで持ってきやがった。あたしが仕事をしてる間は、子供たちが覗かないように、遊びに連れて行く始末さ。そんである日、また悪いことをして刑務所に入れられそうになった。ただ、そん時は捕まらずに済んだんだけどね。あの頃あの人は、俺は犬みたいだって言って、自分で嘆いてた。人夫頭じゃなくなってから

というもの、もう誰にも相手にしてもらえない。みんなから笑われてた。「木の上で寝てた孔雀も、木が倒れて、今じゃ、他の動物と同じ地面に寝てらあ」仕事仲間たちは、そう言ってあの人のことをからかってた。あの人は他人から軽く見られることに我慢のならない人なんだ。そんな目に遭うと、腹に釘でも打ち込まれたかのようにヒリヒリするらしいよ。そんで、仲間に悪いことしちまったんだ。建設現場の二階から突き飛ばしちまった。結局、あたしたちは逃げることになった。あたしは付いて行くしかないさ。付いて行くのはいつも悪いことばっかり。いいことで付いて行くことなんかありゃしない。その後は、持ち主のいなくなった石が転がり続けるようなもんさ。それで、シュトゥヒルにやって来たのさ。あたしたちがやって来た頃は、まだ家があちこちに散らばった集落だった。住民の多くは畑を耕す農民だった。懐かしいねえ、ユカ芋〔キャッサバとも呼ばれる根菜〕を収穫してたあの頃が。腹を空かせてる人はいなかっ

たよ。ユカ芋は食べるだけじゃなく、生活そのものだった。それで豚を育てるだろ。すると、豚からラードとおいしい肉がとれるわけだよ。フロレンシオの悪い癖もしばらくの間は影を潜めてた。午前中は手車を引いて村中を歩き回ってゴミを集め、村の外に捨てに行くんだ。その仕事は苦労してやっと見つけたわけじゃなかったから、あたしたちは本当にいいところにたどり着いたんだよ。あたしたちは村の市場の倉庫で暮らしてた。市場として建てられたものだったらしいんだけど、そのうち、使われなくなって、誰も物を売りに行かなくなっちまってた。必要なものは自分の畑で手に入るのに、市場なんか行くわけがないじゃないか。フロレンシオの奴はなんでも忘れちまうんだ。そのくせ、あたしを殴ることだけは忘れやしない。新しい生活に慣れてくると、始まるんだよ。ありゃ、ある日の午後だった。自転車のタイヤであたしを引っ叩いたんだ。あんまりひどく叩くもんだから、顔に怪我をするし、あたしは道の真ん中で倒れちまった。すると、通りがかりの人が止めてくれたんだ。「あんた、何してんだい。酷いねえ。女の人をそんなに叩いたりしちゃいけないよ」三つ編みの髪をしたメスティサの女の人が大きな声でそう叫ぶと、あの人は「奥さん、あんたにゃ関係ねえことだ。こりゃ俺たちだけの問題なんだ」って、いつものように偉そうな顔をして、酷い言い方で言い返すんだ。あたしが道の真ん中でやっとこさ体を起こすと、その女の人が近づいてきて、背中に手を回して起こしてくれた。「馬鹿野郎。あたしは女だけど、ちゃんとパンツ穿いてるからね。あんたみたいな奴は吠え面かかせてやるよ。いつでもかかってきな」メスティサのその女の人は怖いもの知らずの顔をして、あの人をそう言って威嚇したんだ。女の人がそんなふうにあの人のやることに口出しするのを見たのは初めてさ。その頃にはもう周りに人だかりができてた。フロレンシオの奴、この時はさすがに負けたと思ったみたいだった。その親切な女の人は誰に言うわけでもなく自分で、あたしを背負うようにして、例の倉庫まで連れて行ってくれたんだ。その女の人はあたしたちがどんな生活をしてるのか、しばらく呆気にとられて眺めてた。古いテーブル、椅子二つ、かまど、それに箱がいくつかあるだけさ。それから、子供はどこに寝るのかって訊くんだ。なんて答えればいいのか。「どっか、そこら辺の床ですけど。他に寝る場所なんてないので。疲れてりゃ、どこでだって寝れます」って言うしかないじゃないかい。その日から、ティバ・コブさんはあたしをずっと守ってくれるようになったんだ。プリミティバがその人の名前さ。だけど、村の人たちはみんなドニャ・ティバって呼んでた。あたしにとっちゃ、お母さん以外の何者でもなくなった。もちろん、死んだ母さんのことを忘れたわけじゃないよ。ちょっと待っておくれ、すぐ戻るからねってあたしに言うんだ。そして、倉庫から出て行くと、フロレンシオの前で立ち止まって言った。「あの子に手を出してごらん。どこに隠れたって、引っ張り出して、謝るまで蹴飛ばしてやるからね。冗談だなんて思うんじゃないよ」周りにいた野次馬はみんな聞いてたさ。ティバさんが立ち去ると、爆笑さ。「嘘だと思うなら、旦那のニコラスに訊いてみな。なんで酒を辞めることになったか」野次馬の中から誰かがそう叫んでた。ティバさんは小脇に包みを抱えて戻ってきた。置くところがないから、床に下ろした。で、ハンモックをいくつか取り出しながら私に言った。「新しいものじゃないけど、十分使えるからね。セメントの床に寝てたら、冷たいから、子供は病気になるだろ。これを使えば、病気にならずに済むよ」そう言ってくれた。その時以来、ティバさんはしょっちゅうあたしたちの部屋にずかずかと入って来るようになった。来る時はいつも、豆とか、かぼちゃのお菓子とか、とにかく何かの食べ物を持って来てくれる。ティバさんと話をするようになってから、いろんなことに気がついた。「あの男に二度と手を上げさせるんじゃないよ。そんなことをしたら、閂(かんぬき)で頭を殴ってやりな。あんたは刑務所に行くことになったとしても、あいつは墓から二度と出てこれやしないんだ」最初のうちは、あの人とやり合うなんて想像もつかなかった。そもそも、あの人を自分の夫として見たことすらなかった。だけど、あの人がトマシートを叩くのを見た時には、考え直さざるを得なかった。「やめておくれ。でなきゃ、警察に訴えるよ」あたしは子供を抱きかかえながら、そう叫んだ。そん時、あの人はただ目をまん丸くして、穴が開くほどあたしをじろじろ見てた。でも、結局、あたしを殴るんだよ。ただ、ティバさんのことを警戒してた。「いいか。ドニャ・ティバにチクったりするんじゃねえぞ。そんなことしたら、二度と立ち上がれねえようにしてやるからな」そう言ってあたしを脅すんだ。だけど、あたしはもう以前のあたしじゃなかった。あたしは無学だけど、自分の体は自分で守れるようになったんだ。思い出すと自分でも笑っちまうけど、こんなことがあったんだ。村外れに家を建てて、そこで暮らし始めたんだけど、あの極道、周りに誰も住んでないもんだから、あたしを殴りやすくなったと思ったんだね。あん時は、えらくふてぶてしい顔をして帰ってきたかと思うと、何の前触れもなく、あたしの顔にバシッて平手打ちを食らわしたんだ。そのはずみであたしは地べたに突っ伏しちまった。あたしが顔を上げたとき、あの人は後ろを向いてたから、あたしは手を伸ばして、火にかけてあった熱いコーヒーの鍋を摑んだ。で、それを力いっぱい、あの人の頭めがけて投げつけてやったんだ。すると、女がお産をするときみたいな悲鳴を上げてね。「何しやがる、メス犬」そう叫ぶあの人の体からはコーヒーが垂れてたよ。どんな暴力で仕返しをしてくるかくらい分かってるから、あの人があたしに向かってやって来た時、あたしは火のついた薪を手にとって、剣をかざすみたいに突き出したんだ。「つまらんことすんじゃねえぞ」あの人がそう言うから、あたしは言ってやった。「ふん。コーヒーが煮えたぎってなかっただけでも、感謝しとくれ。煮えたぎってたら、今頃大火傷で大変な目に遭ってたはずだからね」って。あの時、初めてあたしが勝ったんだ。

あたしたちが家を持ったことは、あたしたちが村の人たちから自立したわけだから、みんなにとっていいことだった。役場が共有地の一部をあたしたちに使わせてくれたんだ。「あんたらはこの村が気に入ってるみたいだから、家でも建てなさい」村長さんはフロレンシオに少し注意をした後で、そう言ってくれた。実はその前の日、あの人は酔っ払って、マリファナまで吸って、例によってあたしをしこたま殴ったんだ。あたしは身を守る余裕もなく、頭を殴られて、出血しちまった。だから、役場に訴えてやった。あの人はマリファナを吸うと頭痛がして、あたしを殴ることでそれを紛らわしてることは知ってた。以前はマリファナなんか吸わなかった。酒で十分だったんだ。シュトゥヒルに来てから吸い出したんだ。村の金持ち連中がマリファナを栽培して、リビエラに隠して持って行って、観光客に売りつけてるんだよ。マリファナはフロレンシオには向かないんだろうね。手がつけられないくらい凶暴になっちまう。しらふでいる時でさえ、手に負えない人なのに、どうなるか分かるだろ。叫び始めたが最後、もう誰にも止められない。自分は神様の義兄になったつもりなんだ。酔っぱらいがやる馬鹿なことをやるわけだけど、あの人のはみんなが嫌がってた。そんな日はもう何もできない。何か握れるものがあれば、全部あたしに投げつけるんだ。大騒ぎになるもんだから、子供たちは外へ出て行って、何か悪さでもしてるんだよ。そうやって恐怖心が紛れたら、戻ってくるんだ。さっきの話の続きだけど、あの日あたしは頭から血を流しながら、村役場に行ったんだ。「寝かせときなさい。明日話を聞いてみよう」村長さんはあたしにそう言った。あの人は叱られたけど、あれにはお情けを感じたね。そうなるだろうってことは察しがついてた。だって、フロレンシオは暇な時は、村長さんが作ってるマリファナの収穫をしてたんだから。頼りにしてる人を罰するというのはそんなもんさ。

世の中には、生きてることが何かの芝居であってほしいと思いたくなるような人間もいるんだ。あの頃、あたしにとって心の唯一の支えはティバ・コブさんの優しさだけだった。何度も言うけど、私にとってティバさんは本当の母親みたいな人なんだ。ティバさんの言葉で、あたしは喜びの笑いに満ちた人生を送るという夢を持つことができたんだ。ティバさんに言われなきゃ、フロレンシオを訴えるなんて、とてもじゃないけど、自分の力だけじゃできっこない。「あいつはあんたに酷いことをしてるじゃないか。なんで好き勝手にやらせるんだい」あたしは毎日ティバさんに叱られたもんさ。村長さんがあたしの訴えに取り合ってくれず、あの人のことで何もしてくれなかったことは、さっき話した通りだけど、村の判事さんはそれなりに強く言ってくれた。だけど、少しくらいお咎めを食らったところで、あの人には痛くも痒くもない。ドニャ・プリミティバっていう人はいつもメスティサの服を着た典型的なマヤの女性だった。あたしにハンモックの編み方を教えてくれたんだけど、その時のあたしには覚えるだけの忍耐が足りなかった。ハンモック作りはあの人の仕事さ。村の中だけでなく、近くの村にも編み子を抱えてた。ハンモックを編むのに使う糸を取りに、しょっちゅう誰かが来てたよ。仕事をやりたいって人がいれば、あの人は絶対に拒まなかった。「女ってのはね、頑張れって言うだけじゃ駄目なんだ。お互いに助け合わなきゃいけない」笑いながら、私によくそう言った。ティバさんの顔にはまるで花が咲いてるみたいだった。あの不幸な出来事があってから、もう何回もあたしに会いに来てくれたよ。あたしを見捨ててないんだ。今でも、時々来てくれる。

「あんた、覚えが早いね。あたしは、勝手な真似はさせるなとは言ったよ。だけど、息の根まで止めろとは言わなかったんだけどねえ」あたしに会いに来てくれた最初の時、そう言ってた。いくつかこまごましたものとお金も少し持ってきてくれた。あたしのために時間を割いてくれるのが申し訳なくてね。あたしは、もう随分たくさんのことをしてもらったからさ。本当に申し訳ないんだ。あたしはティバさんからヤシ箒の作り方も教わったんだよ。「これを仕事にすれば、生活にも結構ゆとりができるよ。時間は増やせないけど、働けば、その分だけパンが食えるようになるからね」ヤシの葉を採りに山に行った時、そう言ってくれた。箒を作るのに使うヤシの葉はとてもきれいなんだ。チートっていう名前なんだけど、いい匂いがするんだよ。初めて山に入った時は、材料はあんまりたくさん採って帰らなかった。覚えるためだからね。必要最低限のものだけさ。ヤシだろ、それに一メートルのバルチェの木何本か。それだけあれば、十分さ。小さな釘と細い針金もいるけどね。うまく作れるようになるまでは大変だった。あたしは不器用だからさ、きれいな箒が作れないんだ。「練習すれば、うまくできるようになるよ」ティバさんはそう言って、あたしを励ましてくれた。実際、そうだった。「ヤシの実に水は少しずつしか入らないんだ」頑張ってるうちに、先生に助けてもらったことの方が大きかったかもしれないけど、あたしは怖くなくなった。気がついたときには、きれいな箒ができるようになってた。「あたしが見ても、あんたは立派な箒職人だよ」あの人の言葉はあたしには勲章のように思えた。あたしはもう、自分が思っていたような愚図な女じゃないような気がした。

箒作りの商売は家族のみんなにとってもよかった。子供やフロレンシオまでもが手伝ってくれた。あたしたちは午後にはヤシの葉とバルチェの木を集めに出かけた。持って帰ったら、みんなで箒を作るんだ。二種類作ってた。ヤシの葉を二枚使ったやつと三枚のやつ。違いは大きさと売る時の値段。あの頃はいい時間だった。大金は稼げなかったけど、少なくとも生活には少しのゆとりがあった。だけど、駄目なんだ。フロレンシオだけは変わらないんだ。多分、心の中に平静でいられない何かの苦悩を抱えていたんだと思う。何にでも文句を言ってたからね。仕事じゃ仲間の誰からも認めてもらえない。あの人にとっては何もかもが不満だったんだ。飲み屋に出かけちゃあ、みんなと喧嘩をする。家に帰ってきて、あたしで憂さ晴らしをするわけさ。家ってのはものの言いようだけどね。だって、実際には柱が四本立ってるだけで、その上にトタン板の屋根が載っかってるだけさ。壁は木の間を、段ボール紙や政党のスローガンの印刷された毛布、ナイロン袋で塞いであるんだ。風が吹くと、それがひらひらと揺れるんだよ。あたしは住んでるその家を眺めながら、自分に言い聞かせたもんさ。「あたしが男になれたら、この家を立派な屋敷に変えてみせるんだけどねえ」箒を売って稼いだ金はいろいろと役に立った。でも、その大半は食べ物に消えちまった。それと子供たちの着るもの。もう大きくなってたからね。シュトゥヒルに来た時、エリーアスは十歳、トマシートは八歳だった。学校には行かせてなかった。あたしは小学校くらい行かせてやりたかったんだけど、父親があれだろ。行かせてもらえなかったんだ。「学校は金持ちの連中が行くところだ」あの人はなんでも悪い方にしかとらないんだ。人間は変われるってことを思いつきもしないんだ。あの人は人間じゃなくて、ただの動物だからね。人伝えに聞いたんだけど、エリーアスとトマシート、ああ、トマスだ、もう子供じゃないからね、もう十三歳になるしね。その二人がもう読み書きができるって言うじゃないかい。今入ってる寄宿舎から学校に行かせてもらってるんだ。言った通りだろ、人間は変われるんだ。考えてもごらんよ。あの不運がなければ、あの子たちは今だに無知のままで、きっと干からびたトルティージャを食って暮らしてるんだ。だから、あたしは自分の人生を後悔なんかしてない。ドニャ・プリミティバに言わせりゃ、あたしたちは苦しむためにこの世に生まれてきたんだ。苦しむことで罪を贖(あがな)ってるんだ。そうすることで死んだ時に天国の至福とやらを享受できるんだ。あたしは彼女の言う通りだと思うよ。だって、人生が全て幸せなことだけで、苦しいことが何一つなくなっちまったら、幸せであることに退屈してしまわないかい。なんだって、ずっと続けば飽きちまうもんだよ。

箒作りはいい仕事だった。だから、食べ物には困らなくなったわけだけど、子供たちの父親が子供たちのことをすっかり忘れてしまうことにも繋がった。自分が稼いでくる金は全部酒とマリファナに行っちまったんだ。あの人が受け入れられる場所はなかった。あの人にとっては何もかもが辛(つら)かったんだ。この村の人は祭り好きだろ。祭りの頃になると、あちこちで打ち上げ花火を飛ばすじゃないかい。仕事の日は少なくとも家に帰ってくるけど、祭りが始まると、家のことなんか思い出しやしない。「父さんがあっちの道で寝っ転がってた」って、エリーアスが教えてくれるわけさ。「仕方ないねえ。だけど、あそこに寝っ転がっててもらってた方がいいんだよ。起きた日にゃ、乱暴を始めるからね」あたしは闘牛に行くのが楽しみだった。とっても楽しいじゃないかい。こっちの守護聖人の祭りってとても楽しいんだ。それに比べたら、あたしの村の祭りって、すごく真面目にやるものなんだ。それにこっちのいいところは、どこに行っても食べ物がもらえること。祭りの期間は、お金を出さなくったって、毎日何か食べられるじゃないかい。しかも、こっちは祭りがしょっちゅうある。死者の日にだって音楽を演奏して食べ物をお供えするる。死者に食べ物を供えるだけじゃなく、生きてる人もみんなごちそうを食べられるしね。

あの不運の日のことは、よく覚えてるよ。暑さ真っ盛りの日だった。前の日には激しい雷雨があった。風がビュービュー吹いて、木が激しく揺れてた。強い風で倒れなかった木も葉っぱが全部落ちた。木でさえそんなありさまなんだから、あたしたちの家なんてひとたまりもないさ。家の屋根にはトタン板の切れ端が残ってるだけだった。あの夜、あたしたちは夜空を見ながら、寝てた。あの人はいつものように酔っ払って帰ってきて、ただ笑ってたよ。あたしは腹が立ったけど、どうしようもない。次の日、あの人は早くに出て行った。大風であたしたちがどうなったか気にする人なんて、村にはいやしない。まあ、あたしが誰とも話をしなかったからかもしれないけどね。でも、ティバさんだけはあたしの様子を見に駆けつけてくれた。「あれまあ。天井のトタン板はなくなっちまったんだね」驚いた彼女はまずそう言ってから、あたしに訊いた。

「これ、一体どうするつもりだい？」

あたしはただ肩をすくめてみせるのが精いっぱいさ。彼女はすごく心配してくれてね。多分、子供のことを一番に考えてくれたんだと思う。彼女は子供たちをとっても大事にしてくれてたからさ。すぐさま、あたしに言うんだ。「さあ、村に行くよ。あたしがお金を貸してあげるから、トタン板を一巻き買いなさい。お金は少しずつ返してくれればいい」それからあたしたちは村役場にも行った。「あたしがトタン板一巻き分を出すんだから、あんたももう一巻き支援してあげなさいよ」ティバさんはあたしの代わりにそう言ってくれた。それから、いつものようにドスの利いた大きな声で付け加えた。

「だけど、トタン板をあげるだけじゃ駄目だよ。旦那を連れてきて、屋根を葺くように言ってくれなきゃ困るんだ。あの男ときたら、自分の子供が寒さに震えてても無頓着なんだから」ティバさんはいつものように、命令調の口調で言った。村長もその点はよく心得たものさ。誰と話してるのかちゃんと分かってる。

「すぐに探しにやらせよう」村長は即座に答えた。

「探す必要はないよ、村長さん。酒場にいるに決まってるんだから。金を稼ぐ前に、稼ぎ分を飲んじまってるんだ」彼女はからかい半分、非難半分に言い返した。

確かに村長はあの人を呼んでくれた。だけど、それが原因で、あの人は、その日の午後家に帰ってきたとき、腹を立ててた。

「役場に何を言いに行ったんだ」酷いありさまになってる家の入口のところであたしに向かって言うんだ。

「別に何も言ってやしないさ。隣で聞いてただけだよ」あたしに何かするんじゃないかと思って、あたしはあの人の様子をじっと窺ってた。

「飯を出せ」って叫んだ。

あたしはぐずぐずせずに、鍋が置いてあったところに真っ直ぐに行って、皿に豆とトルティージャを載せて出してやった。

「こんなもんしか出せねえのか。こんなの飯じゃねえ。稼いだ金は一体何に使ってるんだ？　男にでも貢いでるんだろ」

あたしは何も答えなかった。言いたいことは全部飲み込んで、腹の中に収めた。腹に据えかねたけど、グッとこらえた。だけど、あの男はケツの穴の小さな人だから、自分の鬱憤を晴らすにはあたしを叩くしかないんだ。あたしが口答えするのを嫌がるだけじゃなく、自分から地獄の扉を開けるような人なんだ。子供たちの方を見ると、床に座ったままでおびえた顔をして震えてた。だから、子供たちにそっと近寄って、家から出るように合図をした。あの人が日々溜め込んでる恨みつらみが今にも爆発しそうな気配がしたんだ。

あたしは張り詰めた空気をなんとか和らげられないか考えた。箒の材料のヤシの葉を切りそろえるのにも使うナイフで、豆のスープに入れる玉ねぎを刻み始めた。あの人の怒りはなかなか収まりそうになかった。むしろ、油のかかった薪に火が点いたみたいに燃え上がってる、と思った瞬間、あたしは平手打ちを食らって、地べたにひっくり返っちまった。どこも痛くはなかった。だけど、そこにじっとしてる方がいいのは分かってた。あたしの上で吹き荒れる大風が止むのを待つしかないんだ。

「いまいましいメス犬め、お前にはもううんざりだ。お前を人間にしてやろうと思った俺がいけなかったんだ」あの人はそう言ってあたしを罵った。あたしはその言葉をまた全部飲み込んだ。だけど、腹にうまく収まらなかった。もっとも、いつものことだけどね。

あの人は椅子から立ち上がると、豆の入った皿を取り、豆を部屋の床に投げ捨てた。豆のスープはすぐに乾いた床の地面に吸い込まれた。その後には、踏み固められて固くなった地面に黒い豆が飛び散っていた。

あの人はありったけの憎しみを込めたような目であたしを見ていた。

膨らんでいく怒りに喉をつまらせ、終いには体をこわばらせた。

「薄汚いメス犬、食え。犬みたいに這いつくばって、床の豆を全部食え」全身の力を振り絞るかのように大きな声でそう怒鳴った。最初は何を言われているのかよく理解できなかった。腹を蹴られて、やっと分かった。

「落ち着いてよ、フロレンシオ」あたしは必死で宥めようとした。「家の屋根を葺きたくないんなら、やらなくたっていいわよ」あたしは床に座ったまま言った。

「話をそらすんじゃねえ。犬みたいに食えって俺は言ったんだ」彼はまた叫んだ。

あたしの髪の毛を摑むと、力いっぱいあたしの顔を床に押し付けた。その瞬間、あたしの中にあった痛みが全部噴き出してきた。あたしを殴り、いたぶり、痛い目に合わせてるこの男は全世界の人から疎まれてもいい人なんだとあたしは思った。まずいと思った。だけど、今まで感じたこともなかったような力が体全体に走ったんだ。あたしは手を上げてあの人の体を振り払った。力いっぱい押したもんだから、あの人はよろめいた。あたしは立ち上がって、あの人の目を真っ直ぐに見てた。「あたしは我慢に我慢を重ねてきたけど、もう疲れちまったよ」あたしは一息ついてから、さらに続けた。「こうなった以上は、一緒にはやっていけない。あんたが出ていくか、あたしが出ていくかだ。ここには二人が一緒にいる場所はないんだ」

その日まで、あたしがあの人に向かって声を荒らげたことは一度もなかった。意表を突かれたあの人はがっかりしたような顔をしていた。あたしがそんなことを言うなんて予期してなかったんだ。以前も反発したことはあったけど、もっと抑えたものだった。あの人は狐につままれたような顔をして、あたしを頭のてっぺんからつま先まで見回してた。だけど、すぐに機関銃をぶっ放すみたいに、なんだかんだ言い始めた。

「お前、何様のつもりで言ってるんだ。腹を空かしてるお前を毎日食わせてやってるのに、その言い草はなんだ」

以前だったら、そういうふうに言われれば、多分反論できなかったと思う。だけど、それが本当じゃないってことはもう分かっちまったんだ。ここ数年はずっとあたしがあの人と子供のためにお金を稼いでたからね。火に油を注がないよう、あたしは何も言い返さずに、あの人に背を向けた。庭に出た方がいいと思ったんだ。それが間違いだった。あの人はあたしに力いっぱい飛びかかってきた。あたしは石の入った袋みたいにドサって、顔を下にして地面に叩きつけられちまった。倒れ込む時に、あたしの目の前にあったテーブルに手がひっかかっちまってね。その上にあったものが全部落ちて来た。意図したわけじゃないのに、箒を作る時にヤシの葉を切るのに使うナイフがあたしの手の上に載っかったんだよ。あたしは憎しみが湧いてきて、思わず、そのナイフを手にとって立ち上がった。あたしは左利きなんだ。そっちの方が力が出るんだ。あたしはそっちの手でナイフを持って構えた。

「こんな生活、あたしはもううんざりなんだ」びっくりさせてやろうと思っただけなんだけど、つい本音が出ちまった。「だから、あたしが幸せになるためには、あんたを殺すしかない。殺してやる」そう言っちまったんだ。

あいつはあたしをじっと見た。たぶん、あたしが本気だとは思ってなかったんだ。だから、あたしを見て笑った。

「できるわけがねえ。やろうと思ったって、できるわけがねえ。おめえは所詮女なんだ」あたしは怒ってるのに馬鹿にされるもんだから、自分の考えがよく分からなくなってきた。

「あたしを試そうってのかい、フロレンシオ。もっと怒らせたいのかい。言っとくけど、今日のあたしはいつものお人好しじゃないからね。

あたしだって少しは平穏と安らぎが欲しいんだ。あんたと暮らしてちゃ、安心して生きていけないんだ。地獄なんだよ。その地獄のせいで、あたしがかつては持ってたいいものは全部焼かれちまったんだ」そう言うと、目が涙で霞んできてね。だけど、ぐっと堪えて、腕で目の涙を拭いた。

「どうした、姉ちゃん。叩かれた犬よりも、吠えなくなったじゃねえか。だけど、きっちりお仕置きかましてやるからな」あの人はそう言ってあたしを脅した。

家の片隅の板の間にはマチェテが挿してあった。あたしがナイフを握って怒ってても、あいつは怖くないらしく、あたしを無視し続けた。

「今日はお前には忘れられない日になるぞ。引っ叩かれた犬みたいに逃げ回ればいい」畑仕事が好きな人じゃないから、まともに使えもしないマチェテを引き抜きながら、そう言うんだ。

さっき言ったとおり、あの日、あたしは以前とは違って、あの人に脅されても全然怖くなかった。顔は上げたままだった。あたしはあいつの体の動きをちゃんと見てた。

「あたしをマチェテで切り付けるんだったら、刃の方でやるんだよ。ちゃんと狙わなきゃだめだよ。平たいところで叩いてたら、あたしからのお見舞いが行くからね。このナイフであんたの息の根を止めてやる。嘘じゃないよ」あいつにそう忠告したんだけど、その時の言葉はすーっと出てきた。憎しみはこもってなかった。自分でも不思議なくらい優しい言葉に聞こえた。

あの人はあたしの言うことなんか全然聞いてなかった。あたしの気が狂ってるとでも思ったんだろ。あたしに切り付けようと、マチェテを振りかざして飛びかかってきた。何が起こったのか実はよく分からないんだけど、あたしの方が一瞬だけ早かったんだと思う。あたしが手を前の方に差し出すと、ナイフがあの人の体に突き刺さるような感触があった。人の皮膚が紙みたいにこんなに柔なものだなんて思ったことはなかった。ティバさんの家で豚を殺すのを何度も見たことがある。ティバさんはいろんな商売をやっててね、豚も飼育してるんだよ。十分に大きくなったら、肉にして売るんだ。豚の解体は明け方にやるんだけど、あたしはよく、手伝いにおいでって誘われた。殺したばかりの豚を解体する時は、まだあったかいんだ。食べるためとは言え、動物の命を奪うというのはなんだか悪いことをしてるような気がしたもんさ。フロレンシオが驚いた顔をしたのを見た時、突然その感覚が蘇った。きっと何かが怖かったんだ。あの人が、腕の下の方にナイフの突き刺さった豚のように、あたしには見えたんだ。豚が息絶える直前に叫び声を上げるみたいに、この人も叫ぶんだと思ってあたしは見ていた。だけど、そうはならなかった。あの人はお腹に突き刺さったナイフの柄をじっと見ていた。

それから、よろめきながら、家の入口に向かって歩いて行った。あたしの方を振り向くと、入口の柱にもたれて、悲しそうな目をしてあたしを見た。

「何したんだ、オノール」口というよりは喉から絞り出すかのようにあの人は言った。あたしをオノールと呼ぶことはあまりなかった。何かうれしいことがある時にはそう呼ぶことがあった。そんなことはあんまりなかったけどね。だけど、あの時はそう呼んだんだ。嬉しかったからじゃないとは思うけどね。

「言ったはずだよ。あたしはうんざりしてるって。こんな生活、あたしはもううんざりだって」

あの人は壊れかけの椅子に手をつくと、そのまま崩れ落ちた。人が死ぬのを目の当たりにすれば、大抵悲しくなるもんだけど、あの時あたしは悲しくなかった。最初はかわいそうに思ったけど、それもほんの一瞬だった。あの人は立ち上がろうとするんだけど、もう力は入らなかった。水をたくさん飲んだ人がゴホゴホ言いながら水を吐き出すみたいに、口から血の泡を吐き出してた。そのうち咳き込むのをやめたかと思うと、ひっくり返って、血にまみれたまま動かなくなった。命まで体から出て行ったんだ。

「大した男じゃないねえ。たったそれだけかい。もうちょっと苦しんで欲しかったね。あんたがあたしにした酷いことに比べりゃ、そんなんじゃ全然足りないんだよ」

あたしはあの人に近づいて、何発かびんたを食らわしてやった。だけど、血で手が汚れるから、何回か叩いてやめたよ。期待を膨らませて待っていたものを全部台無しにしちまう十月の颪が吹いた後みたいだった。

つむじ風は怒りのあまり自分で自分を吹き飛ばしちまった。颪が収まると、あたしは不意に、自分の子を食べてしまった動物になったような錯覚に襲われた。あたしは握りしめていた右の拳の人差し指を噛んでみた。痛くて我慢できなくなるまで噛んだ。すると、あたしを叩いて、いつもあたしを苦しめていた男の記憶が蘇ってきた。我に返った時、あたしはいつもの気弱なあたしだった。しかも、罪を犯した女であるという自意識が、あたしの痩せ細った体の上に、満身の力で重くのしかかって来た。あたしは家を飛び出した。山があたしの方に迫ってくるようだった。村へ続く道は果てしなく遠かった。あたしは何も考えられなかった。とにかく怖くて仕方なかったんだ。だけど、とにかく歩いた。途中で子供たちに会った。「母ちゃん、どこ行くの？」大きい方の子が聞いてきた。何回も同じことを聞かれたんだけど、何回だったか覚えてない。ぼんやりとしか思い出せないんだけど、「家に行っちゃだめだ。村の方へ行きな。母ちゃん、フロレンシオを殺しちまったんだ」って言った気がする。それから何があったのかは覚えてない。覚えてるのは、気がついたら、ティバさんの家の前に立ってたってことだけさ。

オノリーナは勇気のある女だよ。だって、そうだろ。あたしは自分の夫を叩くことはあっても、息の根を止めることなんて、とんでもない。それに普通自分の夫に愛想を尽かすわけにもいかない。男と女ってのは一緒にいるために生まれてくるわけだからさ。だけど、あの子の旦那みたいな男は誰だって嫌になるよ。ありゃ、とっても酷い男だった。男ってのは誰だって生まれながらにして悪いところがあるもんさ。だけど、あっちの方の男たちときたら、こっちの男たちより酷い。あたしは旦那には敬意を払ってるよ。まあ、最近になってやっとだけどね。それ以前は、とんでもない恥知らずだった。たった一度だけど、あたしを叩こうとしたことがある。酔っぱらっててね。だけど、どんな間抜けでも、痛い目に遭えば考えるもんさ。あの人、突然飛びかかって来て、あたしにびんたを食らわすもんだから、あたしは思わず床に尻もちをついちまった。あたしを誰だと思ってんだい？　マルセリーノ・コブとディオニシア・ペトゥルの娘だよ。あたしは床に尻をついたまま、心の中でそう叫んだ。そしてすぐに立ち上がって、今度はあたしが飛びかかった。あの人の首根っこを押さえて言ってやったんだ。

「叩く勇気があるんなら、叩いてごらん。どこに隠れたって無駄だからね」

ハネムーンなんかとっくの昔に終わって、もういちゃいちゃしてるような関係じゃなかったんですよ。あの人は王様気取りだった。まあ、それがあの人の性格だから。付き合い始めたときからずっとそうだった。何かあると、あたしにびんたを食らわそうとする。だけど、今度ばかりは違った。危ないと思ったあたしは、あの人が手を上にあげた瞬間に、部屋の隅っこに置いてあった箒を手に取って飛びかかった。二、三発叩いただけで、女の子みたいに逃げ回るんだよ。一発目の時なんか、お産でもしてるんじゃないかと思えるような叫び声を上げた。あたしから箒を取り上げようとするんだけど、あたしは獲物を追いかけてる犬みたいなもんだから、そりゃ、取れるわけがない。あたしはバシバシ叩いてるんだけど、あの人にはあんまり痛くないみたいだった。「俺を殺す気か」って叫ぶんだけど、そう言われれば言われるほどあたしは腹が立ってきてね。箒の柄で叩かれるくらいで、男が女の子みたいに泣き叫ぶもんかね。最後は外に逃げようとして、自分で自分の足に引っかかって転びやがるの。「これぐらいで大きな顔すんじゃねえぞ」何かそんなことを喚いてた。だけど終いには、女の子みたいに外に向かって助けを求め始めた。「助けてくれえ。殺される」ってね。声が枯れるまで叫んでたよ。あんまり騒ぎ立てるもんだから、近所の人たちが出てきちまった。

「落ち着きなさいよ、ティバ。怪我させせちゃうわよ」近所の人たちはそう言ってあたしを止めようとするんだけど、そんなんであたしの気が済むわけがない。

叩かれたことは相当堪えたんだろうね。それからは一度もあたしを叩こうとしない。薬が効いたってことだよ。でも、癖までは抜けなくてね。酒だけはやめられない。おかげで、帰ってきて暴れることがよくあった。

「マチェテは鞘におさめときな」手に持ったドアの閂を見せながら言ってやるんだ。「悪魔は地獄に置いてきな。出てきたりしたら、あたしはあんたの命、保証できないからね」これだけ言えば十分なんだ。酔っぱらっちゃいるものの、それだけの話。少し脅してやりゃ、大人しい子羊みたいにすぐにハンモックに行って寝ちまうんだ。あの頃は、仕事しなくなっちまってたね。家を出りゃ、広場まっしぐらだよ。そこで同じような飲んだくれの奴らと世間話をした後、酒場へ行っちまう。飲み代はどうしてたかって？　それが不思議なんだ。名前からしていっぱしじゃない。ニコラスなんて名前、貧乏人そのものじゃないか。あの頃はね、とにかく、子供が三人もいて大変だった。男の子二人に女の子一人。実家に帰ろうかと真剣に考えたもんだよ。だけど、帰ったら、居候だろう。考えるわけだよ。それが一番の気がかりでね、結局、役立たずの夫の好き勝手を我慢してるしかなかった。子供たちはまだ小さかったから、手伝ってもらえないしね。「この子たちのためにあたしが我慢するしかないんだ」あたしはそう思って自分を慰めてた。これからどうしたもんか、毎日思い悩んでた。いつだったかはっきりとは覚えてないんだけど、いつものように、あの人が酔っぱらって帰ってきた。あたしのハンモックにもぐり込んだかと思ったら、すぐにあたしのウィピル〔女性が着る白色の貫頭衣〕の下に手を突っ込むんだよ。あたしは目を閉じてた。すると、あの人あたしのあちこちを触るわけだ。あの人はあたしを温めようとしてただけだって言うんだけど、あたしは眩暈がしてくるんだ。だって、次の日はアリニカとヘンルーダを煎じた水を半リットルも飲まなきゃいけなくなる。そのことをあの人は分かってないんだ。その水は妊娠しないための薬さ。あの人は大きな顔して、あたしが保健所からもらう薬を飲むのを嫌がるんだよ。不妊手術をしてもらおうとすると、「女は毎年子供を一人産むのが務めだ」って言って、あたしを叱るんだ。だけど、あの人があたしの上に乗っかってくると、あたしは次の日のヘンルーダの味が蘇ってくるようになった。

「いい加減にしておくれ」あたしはそう言って、やめさせた。「今日からは、あんたが酔っぱらってる限りは、あたしとやろうなんて考えるんじゃないよ。もう終わりだ。あたしはもうただの電柱だからね」

あの人は力ずくで、あたしの脚を開こうとしたけど、がっちり閉めて開いてやらなかった。そしたら、ぶつぶつ文句言いながら、自分のハンモックに行って寝ちまったよ。

いろいろと変わったけど、まだ十分じゃなかった。やらせないんだったら、あたしを捨てて他の女を探すだけだってほざいてた。あたしはただ聞くふりをするだけで、内心は笑ってたよ。世の中にあたしより馬鹿な女がいるもんか。あの人を相手にしようなんて思う愚か者が他にいるわけがない。「あたしよりいい女がいたら、そっちに行きな。だけど、あたしはもうあんたの女房じゃないからね」あたしはそう言ってやった。生活は大変だったよ。あの人は何の役にも立ちゃしない。子供たちは、あれくれ、これくれ、だろ。だけど、金なんてありゃしない。だから、決めたんだ。「こんな生活は終わりにしなきゃ。やるしかない」ってね。それからあたしは、朝早くから、村の広場のまん前にあるトルティージャ屋で働き始めた。

あたしが見張ってるってことに、あの人は気づいてた。だけど、知らんふりをしてた。遊び仲間と一緒になって大声で笑ってたよ。「今は笑ってるがいい。そのうち、生まれた時にあんなに泣かずに、少しは取っておくんだったと思うくらい、泣かせてやるからね」あたしはあの人たちの軽蔑めいた視線を全身に浴びながら、ふつふつと湧き上がる怒りを我慢した。あの人は怠け者の連中と一緒になって、あたしを思いっきり無視したんだ。みんなでどっかの飲み屋に行ったかと思うと、何やら楽しそうに、わいわい、がやがやとずっと騒いでる声が聞こえてくるわけだ。ある時、あの人がどの飲み屋に行ったのかを確認してから、あたしは一旦家に戻った。酒が回る頃合いを見計らってたんだ。あたしを見た時にゃ、飲み屋の入口のところで目をまん丸くして立ってたよ。「ほら、ろくでなし、家に帰るよ。いやなら、首に縄かけてひっぱって行くからね」壁をマチェテで叩きながら、あたしはそう叫んだ。チン、チン、というマチェテの音がするわけだから、あたしが本気だってことは分かったはずさ。誰も顔を上げようとしなかった。みんな知らんふりをしてたよ。あの人は、発情してる犬が叩かれたときみたいに、尻尾を巻いてそそくさと家に戻った。家の敷居をまたぐや、文句を言い始めるもんだから、きっぱりと言ってやった。「おだまり。さっさと寝るんだよ。明日夜が明けたら、畑仕事に行ってもらうからね。いい加減な仕事をしたら、あんたのあれをちょん切ってやるよ」何がましなのか分かったみたいだった。あの人の星は消えて、今度はあたしのが輝きだしたんだ。その日から、うちでは男手がなくて困ることはなくなった。あたしも精いっぱい働いたよ。あの人も休まずに働いてくれた。そうやってうまく行くようになったわけさ。今でこそちゃんとしてるけど、こうなるためにはあの人のズボンの紐は随分ときつく縛らなきゃいけなかった。ニコラスはよくやった方だと思う。仕事にもやる気を見せてるし、夜が明けるとすぐに畑に出かけていく。酒が飲みたいって言う時には、あたしが買って来てやる。だから、ちゃんとやりさえすれば、なんだってできるんだ。

オノリーナに初めて会った時、あの子がかわいそうになってねえ。痩せ細って、目には隈があって、飼い主を亡くした犬ころみたいだった。スペイン語はろくに話せなかった。午後には箒の作り方を教えてあげてた。するとうまく作れるようになった。神様から見放された女っているもんだけど、あの子はその手の女だった。「スズメバチにならなきゃだめだよ。もっと目を開けなさい。あんたの旦那だっていうあの性悪の男に完全にやられてるじゃないかい」ってあたしは言ってやったんだ。あんたの旦那のやってることはまともな男のやるようなことじゃないって何度も言ってやった。かわいそうに、あの子はひどく痛めつけられてたんだ。顔を上げてまともに話さえさせてもらえなかったんだからね。「いいかい、顔を上げるんだ。でなきゃ、一生下向いたまんまだよ」って叱ってやった。だけど、馬鹿な女でね、へらへら笑ってるわけだ。こりゃ、ちゃんと教えてやんなきゃだめだ、あたしの言ってることを分からせるには、自分が生んだ子供みたいにしてやらなきゃだめだって思った。そんなに難しいことじゃなかった。案外最初から分かり合えた。全部じゃないけど、スペイン語で話ができることもあったしね。まあ、少し頑張れば、意思疎通はできた。段々分かるようになっても、自分が背負い込んでる不幸がどれだけのものか理解できているのかどうか、そのことだけはあたしにはずっと分からなかった。辛いことがあるからって、泣くような女じゃなかったねえ。何か変わったことがあれば、すぐに笑いだすような女だよ。夫が仕事仲間の慰みに自分を売ったって話を聞いた時にゃ、そりゃ、あたしも泣いたよ。哀れだからというよりは、この世にいまだにそんな酷いことをする奴がいるかと思うと悔しいじゃないかい。フロレンシオの奴とは何度もやりあったよ。あいつもあたしがあの子の味方だってことは分かってた。一度、あたしは道の真ん中で、本当のことを言ってやったことがあるんだけど、あいつは威張りくさった顔をして、ただ黙って、見下すような目であたしを睨んでた。文句があるんだろ、言ってみなって言っても、どうせ何も言いやしない。あたしにゃ黙ってるんだ。だけど、自分がやってることが良くないってことだけはどうやら分かってた。それに、自分の妻がすでに塩漬けされ、簡単には食えなくなったってことも分かってた。フロレンシオの奴は悪党面だったたね。よく新聞に出てる、人を殺しても何とも思わないような奴の顔だ。上から下まで眺めれば眺めるほど、まさに人殺しって感じだった。このろくでなし野郎は祭りの最中に糞をして、それでも飽き足らずに同じところにもう一度するような奴だ。そんなふうにしか思えないような奴だったたね。

そろそろ白黒付ける時だって言ってやると、あの子も「そうね、トルティージャをひっくり返す時だ」って言ってた。だけど、あんなに気の弱い女に、自分の夫の腹を切り裂くような力があったなんて、ちょっと信じられないねえ。まあ、夫の方も、図体の割には大した奴じゃなかったってことだね。

あたしの家にやって来たとき、泣いてたかっていうと、そういうわけでもなかった。だけど、スペイン語はもう全然話せなかった。震える手を合わせて必死に何があったか説明するんだけど、話すのが先住民の言葉だろ、あたしにゃちっとも分からない。「まあ、座んなさいよ。あんたのろくでなしの旦那が何かしたのかい。スペイン語で言ってごらん」あたしの声がなんとかこの子の脳に届きますように、落ち着いて話してくれますようにって願いながら言ってみた。それから、様子を見に外に出てみると、二人の子供たちが小鳩みたいに、膝を抱えて屈んでてね。二人を呼んで、父親がどんな悪さをしたのか聞いてみた。すると、大きい方の子が立ち上がって、こんなことを言うじゃないかい。「道を歩いてたら、母ちゃんに会って、父ちゃんを殺したって母ちゃんが言った」あたしは思わず天を仰いで、神様のお慈悲をお願いしちまったよ。「聖母様、大変なことになっちまいました」

　戻ってみると、同じところに座ったままだった。「ねえ、あんた、旦那をやっちまったのかい？」あの子はじっとあたしを見つめていた。あたしが訊いたことを理解したのかあたしには分からない。だけど、そうだと言わんばかりに首を縦に振ったんだ。

　落ち着かないといけないのは今度はあたしだった。あん時、ニコラスは庭の奥でフランボヤンの木を斧で割っていた。「ねえ、あんた。ちょっと一緒に考えてくれないかい」あたしは斧を摑みながら訊いてみた。オノリーナが自分の旦那を殺したってことを話しているときは、じっと黙って聞いていたんだけど、まず最初に言ったことは、あの子を家に匿えば、自分たちも何か疑われるんじゃないかってことだった。
「下手したら、俺たちも刑務所に入れられちまうかもしれねえぞ。調べてるうちに、俺たちにも疑いがかけられちまうかもしれねえ」そう言ってあたしを注意した。さすがにあたしはそこまでは考えていなかった。

その後は司法による煩雑な手続きの連続だった。選挙によってすでに十三期もシュトゥヒル村の村長を務めていたドン・ベントゥラ・メドラーノの証言はこうだった。「私は自分の生涯をこのみすぼらしい村に捧げてきました」彼はまずそう言って、自分がこれまで村のためにどれだけ尽くしてきたかという点を強調した。その上で、フロレンシオ・ルネス・コタの殺害はこの村で起きた初めての殺人事件であると断言した。「この村じゃ、人の死は自分の意志によるものなんです。誰も自分の意志に反して生きる必要なんてありませんからね。だから、誰かが他人を殺すなんてことは、昨日が初めてです」フロレンシオ殺害の件で村に聞き取りにやって来た検察庁の調査がなかなか捗らなかったので、彼はそう説明してやった。検察庁は犯罪案件としての証拠を揃えるため、彼に何度も聞き取りを行った。彼はしぶしぶではあるが、きちんと調査に協力した。だが、彼からは大した証言も得られなかった。結局、彼はこの件に関して何の関わりもないことが証明されただけだった。

わたしはその時、特になんの用事もありませんでした。この村じゃ、何か変わったことなんて起こりませんからね。毎日同じことの繰り返しですよ。日常にびっくりすることなんかありゃしません。そしたら、ニコラスが妻のドニャ・ティバと一緒にやって来て、村の外からやって来た連中が喧嘩して、奥さんの方が旦那を刃物で刺し殺したって言うじゃないですか。何の手続きですか？　ここじゃ、そんなこと誰も知りませんよ。まず私がやったのは死んでる人の家に行くことです。あなたは殺害されたっておっしゃるわけですけど、殺害されたのかどうか私には分かりません。私にしてみれば、ただの遺体ですけど、あなたが殺害されたっておっしゃるんなら、そうなんでしょう。何にせよ、確かめるために、わたしは役場の書記官と判事を連れて見に行きましたよ。もう日がとっぷりと暮れてた。死んでることはきちんと確かめましたよ。懐中電灯で照らして見たんです。血がたくさん流れてました。男は背中を下にして床にひっくり返ってました。揺すってみたり、棒で突いてみたりしましたけど、全く反応がなくて。もう息もしてなかったんですよ。ご存じだと思いますけど、ニュースには羽が生えてるわけで、この村じゃなおさらそうですけど、気がついた時には野次馬が何十人と集まってましたよ。自転車で来る者もいれば、馬に乗って来る者もいる。だから、部下に言ったんですよ。「あと数分もすれば、人でいっぱいになるぞ」って。だから遺体を移動することにしたんです。みんなで抱えて、トラックの荷台に載せたんですよ。どのトラックかですか？　そりゃ、役場のトラックに決まってるでしょ。歩いて行ってたんじゃ、時間がかかる。あの家はそんなに近くにあるわけじゃない。だから、トラックで行ったんですよ。もうかなりいかれてる車なんですけどね、遺体を無事に墓地まで運ぶことができましたよ。遺体を置いておくのに安全な場所なんて他にありゃしませんよ。墓地には入口が一つしかなくて、その入口には高い鉄格子が付いていて、鍵もかけられるんです。あの時はそこ以外に適当な場所はなかったんです。警備のために墓地には警備員を一人置いときましたよ。本人は嫌がってたけど、仕方ないでしょ。

私は遺体を運んでる最中に、夫を殺した女がニコラスの家にいることを思い出したんです。それまで、運んであげた人には辛（つら）い暮らしから解放された人がいたってことを忘れてたんですよ。それで、急いでそこに行った。女は何も言いませんでした。私たちの呼びかけに素直に応じるので、トラックに乗せて、村の留置場へ連れて行きました。女と言葉は一言も交わしませんでした。だって、あの女はスペイン語は全く駄目なんです。故人となった旦那を訴えによく役場に来てましたよ。いない人のことを悪く言うのもなんですが、その旦那というのは、そりゃあ、態度のでかい奴でした。それだけじゃない。暴力を振るうし、人を散々けなすんですよ。喧嘩早い男でした。問題と言うほどの問題は起こしてませんでしたが、とにかく、口やかましい奴でね。だけど、喧嘩となると、からっきし意気地がないんですよ。その憂さ晴らしの相手をさせられていたのが、そいつから命を奪ったかわいそうな奥さんですよ。何とか自分の身を守ってたようだけど、あんまりうまくはいかなかったんでしょう。おっしゃる通り、州の警察や検察庁にはすぐには知らせませんでした。どうやれって言うんですか。電話は三十キロ離れた隣の村までいかないとないんです。トラックを出した日にゃ、途中で動けなくなっちまいますよ。次の日、夜が明けるとすぐに検察庁に使いを出しました。だけど、朝一番のバスが村を通るのは六時なんです。そのバスに乗って連絡に行ったんですよ。だけど、検察庁が仕事を始めるのは九時でしょ。お役人さんが村にやって来たのは正午を回ってましたよ。私たちは十時に犯行現場を見に行きました。犬が何匹も集まってて、床の固まった血を舐めてました。全然、本当に私たちは何も触ってません。犯行現場を保存するとかいうのは、聞こえはいいですけど、無理ですよ。それから、遺体の方も見に行きました。蠅がわんさか群がってました。死体に群がる蠅を追っ払うなんて警備にできっこない。検察庁の人が来るのがあんまり遅いもんだから、遺体を埋葬するための穴を墓掘り人が掘り始めちまったんです。日が照りつける中、腐り始めた遺体をそのまま置いとくなんて無理です。もうすでに悪臭を放ってたんですよ。

警察官のマリアノ・ゴンサーレス・ガラスとセノビオ・ムクル・アケ

の二人が殺人の容疑者を引き取っていった。役場の事務職員がタイプした書類にはドン・ベントゥラ・メドラーノの名前で、逮捕した時のそのままの状態で容疑者を引き渡すと記された。「間違っても、誰かが女を殺して代わりに、わしらが殺人事件の犯人だったなんて言わせないぞ」村長は警察官にそう警告した。彼らは特に何も言わずに書類にサインした。書類にはさらに、女はスペイン語が話せないとも書かれていた。

州の警察に引き渡されるまでの間、女は何一つ不満の声を上げなかった。まるで、魂がどこかに行ってしまい、後には何も残っていない抜け殻のようだった。ドニャ・ティバが預かってくれている子供たちに最後に会わせてくれとも言わなかった。子供を預かるだけでも勇気の要ることだが、村人から犯罪に関わっていると思われることを懸念して、ドニャ・ティバは引き渡しの場には姿を見せなかった。村長からさんざん事情を聞いた検察庁の調査官は次はあらゆる可能性を検討し始めた。と言うのも、犯行現場は興味本位で見物にやって来た人たちによって踏み荒らされていたからだ。容疑者の家は決して御殿のように大きいわけでもないのに、凶器に使われたナイフはどこにも見つからなかった。あったという壊れかけの椅子でさえ盗まれてなくなっていた。たった一つ盗まれなかったのは、鍋を火にかけるための置き石だけだった。その日の午後、フロレンシオの遺体は、検察庁が近くの集落の公営墓地内に設置した検死のための簡易検査場に運ばれた。死因を解明するための司法解剖は解剖医のアドリアン・フォンセカに任された。この検査医が作成した報告書と他のデータとを突き合わせると、鋭利な刃物で肝臓が傷つけられたことで循環血液量減少性ショックが起きたことが死因だった。司法解剖が終わると、フロレンシオの遺体は村役場の公的予算、つまり彼が暮らしていた村の人たちのお金によって埋葬された。「単に穴を掘って投げ捨てるようなことはしない。この村じゃ、どんなに貧しかろうと、名前を付けてちゃんと墓に葬ってやるもんだ。神父さんを呼んで、死んだ奴のために祈ってもらえ」村長は部下たちにそう言った。その日最後の命令だった。

検事は確たる証拠が得られないことに苛立ち、困惑していた。立証は困難を極めた。まずもって凶器がどこにも見つからない。犯行を裏付ける証拠も不十分。女を何度呼んで尋問してみてもめぼしい成果は得られない。女は何も喋らなかった。少なくとも理解可能な言葉は彼女の口から出て来なかった。「この国には方言がたくさんある。この女の話す言葉がそのどれかなんて分からない。確かなことと言えば、ユカタン・マヤ語ではないことだけだ」彼は部下たちにそう愚痴るのだった。「こんな状態じゃ、どんな弁護士にも勝てんよ。わしはこんな裁判で汚点を残すわけにはいかんのだ」検事は失望交じりに嘆いた。彼が嘆くのも無理からぬことだった。彼はもう随分前から首都への配置転換を願い出ていた。もう十分に研鑽を積み、業績も上げているので、今とは違う何か特別な仕事がしたいと思っていた。だが、田舎の部署にいたのではそれも叶わない。幸い今度抱えることになった事案は、この地域によくある殺人事件とは違っていた。うまくやれば、この案件で栄転の夢が叶うかもしれない。なのに、うまく行かない。彼は何としてもこの事案を穏便に済ませたかった。特段変わったことを示すような証拠は、調査からは何も出ていない。女も自分の夫を殺害したことを認めている。これ以上何の証拠が要るのだ。通訳がいようがいまいが、事ははっきりしている。酒を飲み、アルコールが回って大胆になった女が、襲いかかろうとした男よりも先に、男をナイフで刺してしまった。そのナイフがたまたま肝臓に突き刺さり、肝臓を切り裂いてしまっただけなのだ。だが、意に反して時間だけが過ぎていった。

自白している以上、女が犯人であることは明らかだったが、女は留置場に入れられたままだった。いくら検証してみても、この事案を解きほぐす手がかりは出てこなかった。検事は諦めまじりの溜め息をつきながら、調査部門の書記官に命じた。「すまんが、調書を仕上げてくれ。明日の午前中には書類送検しよう。女には刑務所へ行ってもらおう」一瞬、世界が止まったかのような時間が流れた。それから検事はいつものように聖人を引き合いに出した。「きっと聖カヌート様は許して下さる。この案件は進めなければ、わしらは聖ユダと同じ目に遭う」検事が聖人の譬え話をすることに慣れっこになっている書記官は心の中でくすっと笑った。すると、検事はいいことを思いついたらしく、違う命令を出した。「いや、待て。マルガリータを呼んでくれ。国選弁護士のマルガリータだ。彼女の助けを借りよう。これでなんとかなるぞ」これもまたいつものことなのだが、検事は司法には必ず存在する抜け道を使ってこの事案を処理することにしたのだ。彼女が検察庁の事務室に姿を現した時、すでに勤務時間は過ぎようとしていた。だが、検事にとってそんなことは大したことではなかった。司法はもたつきながらも、ゆっくりと、だが着実に動き出した。「女を連れて来なさい」検事が命じた。女、つまりオノリーナは、体に矢を受けて傷ついた小鳩のような顔をしてやって来た。これから自分の身にどんな不幸が降りかかろうとしているのか、彼女は予想だにしなかったはずだ。

「君の名前は？」検事が尋ねても、女は上の空で、地獄で業火にかけられた後、引き出されてきたかのように、その視線は宙を泳いでいた。

意味もない、止まったかのような時間がしばらく流れた。「マヤ語で聞いてみてくれ」検事が州弁護士会の国選弁護士に命じた。

「ビシュ・ア・カバエ？」弁護人であるはずの女が尋ねた。

問いかけに対して女は何も反応しなかった。

「書いてみなさい」検事が命じた。

『私の名はオノリーナ・カデナ・ガルシーアです』。それが彼女の名前です。そう書いてあります」

「どうしてご主人の命を奪ったのですか」検事は自分の目の前に座っている女性に直接聞いてみた。だが、彼にはまともな言葉には聞こえない声が女の喉元から聞こえてくるだけだった。

「書き留めるのが君の仕事だ。その女が言っていると君が思うことをタイプしてくれ。ただし、その女が実際に言っていることを頼むよ」検事は書記官に言った。

　女がうつむいたまま話す、これまで歩んで来た不幸の数々が、タイプライターのパチパチという音となって、静けさで凍りついた部屋に鳴り響いた。その場にいた者たちはみな、その聴取が司法の現場において違法であることは十分に認識していた。だが、彼らにとってそれは大したことではなかった。

まだ夜の暗闇が残る明け方、自らを守る術を持たない、華奢な女の体に重たくのしかかることになる桎梏が完成した。彼女の被った不幸が洗いざらい記録された調書だ。だが、個々の事実を間違って組み合わせることで出来上がった証言が真実とみなされることになる。分厚い書類となった聴取の内容は、精緻に張り巡らされた蜘蛛の巣のように、どこまで続くのか分からない迷路となり、本当の真実にたどり着くことを阻む障害となる。そればかりか、誠実さを欠く法の執行者の手にかかると、それは厳然たる真実となるのだ。検察庁は作成された書類一式を州都の裁判所に提出した。女も併せて移送されたが、司法を頭の中だけで考えようとする裁判官にとって、それは特に必要もない、どうでもいいことだった。ドン・ガスパル・アルクーディア・カブレラには、送られてきた書類に軽く目を通すだけで十分だった。検察庁が尋問をもとに作成した調書にはいささかの不備もなく、深く考える必要もない事案だった。

それが彼の第一印象だった。だが、改めて読んでみると、腹部にもやもや感が残った。彼は、何かとても不快なことがあると、いつもそうなるのだ。だが、まだ会ったことのない女の審理を行う中で、いくつかの不安や懸念を持つことになるなどとは、その時点では夢にも思わなかった。よく読んでみると、調書には矛盾する点が数多く見つかる上、女がツォツィル先住民であることに一言も触れられていないことに気づくべきだった、と彼は数か月後に悔しがることになる。意図的とも言えるその情報の隠匿は、弁護人だけでなく、この先住民女性の裁判を近くで見守った多くの人たちの間にも、先住民であるだけで人権が無視されるという人種差別が司法の現場で行われているのではないかという疑惑を生むことになった。

オノリーナに会う機会は何度もあった。公判は法律の規定通りに公開で行われた。格子の向こう側にいる女の姿を見るたびに嫌な感覚が湧いて出た。公判期間中、自らの身を守るために女が取らざるをえなかった事情を切々と訴える、デリア・カスティージョの弁論書に目を通すだけでなく、実際に彼女と何度も会って話をした。いかなる事情があるとはいえ、人の命を奪う行為を正当化することはできないと彼は考えていた。それは、人間にはいかなる法をもってしても縛ることのできない瞬間があるのだ、という主張に対する彼なりの反論の根拠だった。「確かに法には情状酌量という措置が用意されている。だが、人が他人の命を奪うことは殺人罪にあたる。だから、刑罰が存在する」女が辿ってきた境遇からすれば、女は被害者であり、自分の身を守るためには配偶者を殺すしか他に手立てはなかったのだと主張する立場に対して、彼はいつもそう弁明した。

検察が提出した書類には矛盾する点がないわけではなかった。だが、それは問題の核心からはかけ離れたものだった。裁判官は自らが下した判決の理由を述べるに当たってそう断言した。しかも、女はスペイン語を正確に話すことはできないが、リラックスしている時には、母語できちんと意思表示ができる上、コミュニケーションをとるのに十分なスペイン語力を有していることも指摘した。弁護士のデリアは、論駁する手立てを見出そうと、裁判官の言うことに耳を澄ました。「僭越ですが、先生、予備証言の段階で通訳を付けていないというのは憲法に明記された権利の保障に反するものだと思います」二人とも法の執行に関わる者とはいえ、この意見交換はあくまで個人的なものだ。裁判官はデリアの両親との付き合いがあったので、二人は以前からの知り合いだった。いずれにせよ、判決はすでに下されており、その内容はもはや変えることができない。「控訴するときに、それは使えんぞ。女に非があることは明らかだし、自分でもそれを認め、後悔さえしとるんだ。それに事件が起きた背景も考慮すべきだという君の意見も判決にはきちんと取り入れておるからな」デリアは少し怒ったような目で彼を見つめていた。件の女が野良犬よりも酷い扱いを受けてきたことに憤りを覚えていた彼女はすぐに反論した。「お好きなことをお好きなだけおっしゃればいいと思います。でも、女は女に生まれるだけで、男が得られるのと同じ機会は得られないんです。貧しい女性の場合は特にそうです。先住民に至っては、どの先住民でも同じですが、なおさらです。女は、文化も法も男性を優遇する社会の中にあって、スティグマを背負わされているんです」彼女はさらに反対意見を述べようと、息を継いだ。「オノリーナはあらゆる種類の虐待を受けていたんですよ。故人となった夫と一緒に暮らす中で、毎日言葉による暴力を受けていました。心理的、身体的暴力は日常茶飯事だったんです。彼女が受けていた性的暴行についてはどうお考えですか。彼女は他にも暴力を受けていたんじゃないですか。実際、いろんな暴力を受けています。制度的な暴力だってそうです。村の判事に何回も夫を訴えていたことは、先生もご存じのはずです」初めは柔らかい物腰で話していたが、たくさんの女性が置かれている状況を変える必要があるという話になると、彼女の物言いは憎しみを帯びたものに変わっていった。彼女に言わせれば、女は男として生まれてこられなかっただけで、重たいハンディキャップを背負わされてこの世で生きていかざるを得ない。それに比べて男は、どんなに貧しい社会であっても、アドバンテージが与えられているのだ。「彼女が毎週、仲裁を求めて自分の家にやって来るのに閉口した村の調停役の判事は、女性に対する暴力を専門に扱う首都の調停機関に行って訴えるしかないと言ったんですよ。彼女がどんなにがっかりしたか、先生でもご想像がつくはずです」

ドン・ガスパルは頭に手をやり、髪の生え際を指で掻きながら、デリアの言っていることにどのように返事をしようかと考えていた。「いいかい、デリア。私は君の意見に異を唱えるつもりはない。それに反骨心のある考えを持つことは若い者の特権だ。だがな、社会を変えるためには法律だけでは足りないんだ。他にも必要なものがある。それは私たちの手には負えないものなんだ。この女の裁判は市民の間に大きな波紋を呼んだ。これをきっかけにして、社会が法のあり方を変えようと考えること自体はいいことだ。だが、君が弁護しようとしている女に関して言えば、何かをしてあげたいのなら、それは裁判そのものをやり直すこととは違うのではないかな」

ドン・ガスパルは若い弁護士の正義感を賞賛したい気持ちに駆られながらも、それを我慢しながら彼女を見つめていた。彼女がまだ子供だった頃、両親と暮らす家の部屋の中で、キャーキャーと叫び声を上げながら嬉しそうに走り回っていたことを、彼は思い出した。その無邪気さは今も変わらない。あの頃は、彼女の父であるドン・アントニオ・カステイージョ・イ・シルベイラと一緒に仕事をしていた。大きく息をして思い出を胸の中にしまい込むと、彼女に訊ねた。「控訴するのかね？」彼女は一瞬考えてから答えた。「いいえ。控訴はしません。恩赦を出してもらうよう州知事に働きかけます。あの女性は罪を犯した張本人ですが、彼女を犯罪者に仕立てたのは私たちみんなですから」

オノリーナ自身はこれまでの人生の中で、自分の人生を百八十度転換するようなことは何もしてこなかった。ましてや、自分の子供も含めて、自分の周りにいる人たちの人生を変えるようなことをした覚えはない。だが今や、多くの人の関心が彼女に集まっていた。意図したものではなかったにせよ、人を殺す羽目になったことが、自分とは関係ない人生を送っていた人たちに、彼らの考え方を変えるような一連の出来事を引き起こすことになるなどと、一体誰に想像できよう。

刑務所から出所したオノリーナは何日かデリア・カスティージョの自

宅で過ごすことになった。デリア・カスティージョの母デリア・ガルマ・ビナヘラも、この取るに足らない女性が引き起こした事件に巻き込まれた人の一人だった。黒い美しい髪のこのエレガントな女性は、娘との何気ない普段の会話を通じて、誰も知らないような数奇な運命を辿ることになったオノリーナのことを何度も聞かされた。酷い扱いを受け、さすがに堪忍袋の緒が切れ、ある日、自分を痛め続ける男から自由になろうとしただけなのだという。その女性を弁護する仕事に携わることで、自分は正真正銘の弁護士になれるのだと、娘があまりに熱心に話すものだから、ロマンチックでもなんでもないこの女性の話を、彼女も自分の友人たちとの社交の場で広め始めた。「彼女には私たちにあるものがないというだけで、私たちと同じ女なのよ」何かの集まりがあると、彼女は参加者にその女性の話を語って聞かせた。もちろん、全員が彼女の話に興味を示してくれたわけではないが、多くの人は日常の些事を脇に置き、砂糖抜きの飲料や軽いダイエット食品をつまみながらお喋りをすることまで忘れて、彼女の話に聞き入った。そして、食べ物のことなどすっかり忘れた彼女らは、白熱した議論を始め、最後には、女はみんな夫の無理解に苦しんでいるのだという意見で一致するのだった。刑務所の格子窓の向こう側から物悲しい目をして何かを訴えかけるオノリーナ・カデナ・ガルシーアの写真を載せたパンフレットが、まず一万部用意された。そこにはその先住民の貧しい女性が自分の夫のせいで、いかにして法の裁きを受けることになったのかが説明されていた。選び抜かれた言葉で書かれたその物語は多くの人の心を揺さぶった。上流階級の女性だけの集まりだった運動にはすぐに、会ったこともないこの女性を解放してあげたいと思う普通の女性や若い男性が加わった。彼らにとって彼女は、自分たちと境遇を同じくする、一人の犠牲者だったのだ。彼女への恩赦を求めるコンサートや集会、ビラ配りが街の主要な通りのあちこちで行われた。オノリーナは今や、女であるという不幸を語る上でのイコンとなったのだ。

オノリーナの子供たちはクリスマスに新しい服やプレゼントを貰うことなど考えたことがなかった。実のところ、冷たいクリスマスの夜に家族の温かい愛情の下で食事をするという行事が存在するということすら知らなかった。だが、母の身に降り掛かった不幸を境にして、彼らの運命は変わった。州政府の庇護のもと、彼らは身寄りのない子供たちのための寄宿舎に入れられることになった。クリスマスのプレゼントも貰えるようになった。だが、彼らが受け取るプレゼントは他の子たちのものとは少し違った。彼らに渡される服やおもちゃなどのプレゼントにはすべて名前が書かれ、メッセージが添えられていた。元々はツォツィルの女を助けるために結成されたグループから、本当に保護が必要なのは取り残された二人の子供たちだと考える人たちが現れ、彼らが親代わりを務めていたのだ。このグループが子供たちのことを真剣に考えてくれたおかげで、地元の芸術家の支援もあって、子供たちの教育を支援するための基金が一年で立ち上げられた。教育の有無は様々な場において個々人の能力や態度に如実に現れるものだ。オノリーナが自由の身となった次の日、子供たちと再会した時、彼女はまさにそのことに気がついた。さらには、寄宿舎から子供たちを引き取り、一緒に暮らすようになった時、彼女はそのことを確信した。

彼らは数週間、カスティージョ・ガルマ家に置いてもらった。特に誰からも不満の声は上がらなかった。むしろ、ドニャ・デリア・ガルマ・ビナヘラは自分の月並みな生活に変化を付けてもらったことへのお礼の気持ちから、オノリーナには自分のアシスタントとして働いてもらい、そのまま女中部屋に住んでもらうことを提案した。

「とんでもないことです、ドニャ・デリア。あたしはここに留まるつもりはありません。子供たちの学期が終わるのを待って、あたしの生まれ故郷に帰るつもりです」彼女はそう言って、デリアの誘いを断った。

自由の身になってから五か月後の金曜日だった。その日、オノリーナは自分を助けてくれた人々に別れを告げた。人の声がこだまする駅のホームに首都メキシコへ向かう列車の出発を告げる声が響いた。母デリアと娘デリアと一緒に並んで立っている、白いウィピルのドニャ・ティバの姿がひときわ目立って見える。支援してくれた若者や女性たちはオノリーナや子供たちと一緒に記念写真を撮っている。最後の別れ際、今や一人の友人である弁護士のデリアが、オノリーナに向かって、このままここに残らないかと言った。つやつやした頬の彼女は今にも泣き出しそうな顔をしている。「行かないで、オノリーナ」彼女が涙声で言った。オノリーナは彼女を強く抱きしめながら、彼女の耳元でそっとささやいた。「あたしは帰らなきゃいけないんだ。人はね、思い出の最初の場所から離れたところで死んじゃいけないんだ」

解説

フェリペ・エルナンデス・デ・ラ・クルス

現代の先住民文学は目指すところの違いによって二つに分けられる。一つは口頭伝承をベースとした創作である。それは伝統を消滅の危機から救出、保存し、さらには民族性の活性化に役立てようとするものである。そしてもう一つは文学への先住民的貢献を模索するものである。ただいずれも、口頭伝承の持つ文学的美学を共有しているという点では繋がっており、社会的、文化的な機能のみならず、民族的なものに価値を付与するという役割を担っている。前者の努力のおかげで、私たちは、口頭伝承として先住民族の間に息づいている過去の記憶を垣間見させてくれる、数多くの物語や伝説、神話、歌、詩を文字として読むことができる。一方、後者は、自らが属す民族の独自の視点から、普遍的なテーマに取り組もうとする作家たちである。彼らはバイリンガルの先住民作家たちであるが、自らの内部において民族的な価値観を膨らませる一方で、外部に向かっては驚異の眼差しを開いてきた。彼らはとてつもない創造力によって、構造を改編し、言語表記を統一し、そして独創的な考え方による翻訳を行いながら、概念を刷新してきた。それゆえ、彼らの作品からは、先住民社会にいまだに存在する途方もない規模の社会的、文化的なギャップが浮かび上がる。ソル・ケー・モオの作品はこの後者のグループに位置づけられる。ユカタン・マヤ語話者であるケー・モオの文学には明らかに言語学的、文化的、歴史的な進化の跡が伺われる。彼女は今日の先住民文学においてリーダー的存在となっているが、彼女の作品は従来先住民文学と呼ばれてきた領域をすでに飛び越えている。先住民言語で文学活動を行うには限界があるという考えを、ものの見事に打ち破っているのだ。彼女は主に小説や社会的あるいは政治的な性質のエッセイなど、これからずっと読み継がれるであろう作品を執筆している。その全てを繋ぎ合わせれば、今日のマヤ先住民が置かれている状況が、我々読者にも手に取るように見えてくる。もちろん、それは決して喜ぶべきような状況ではない。しかも、それは、メキシコに多様な文化をもたらしてくれている先住民集団のいずれかに特有のものではなく、一般的な状況なのである。今ここに述べたことを、ケー・モオに関して以前バルデルマル・ノー・ツェクが言った言葉[1]で言い換えてみよう。彼に言わせれば、彼女は、情熱的で、考え抜かれた、大胆不敵な執筆スタイルで、メキシコ先住民言語による現代小説の領域に踏み込んだ。しかも、彼女は数多くの歴史的記憶や、登場人物の心理ならびに舞台背景の描写といった、冗長すぎるとも言える物語の叙述方法を持ち込んだのだが、それはまさに従来の先住民文学には決定的に欠けていた要素だったのだ。

現在の先住民文学は、今述べた二つのいずれのグループに属すものであれ、かつてないほどの隆盛と成功を収めている。これまでは西洋の知識人が先住民の文学作品の創作や編纂、普及を支援してきたが、先住民はもはやそういった支援を得ずとも自ら作家になれる状況にある。ドナルド・H・フィッシャーは自らが編纂した『セイバの新しい詩』[2]の中でこう書いている。

自分自身、自分の民族、自分の祖先に忠実であれ。だが、同時に自分の心と周りの世界に対して感性を開いておけ。

ケー・モオはユカタン半島に暮らすマヤ先住民の社会的状況を知り尽くしている。彼女の物語は全体として見れば、先住民による告発文学である。その意味で、彼女の個々の作品は、誰も気づかないようなふりをしてしまうことのある社会病理に関する貴重な分析でもある。先住民族の置かれた状況、すなわち彼らが負わされている社会的なハンディキャップゆえに、国民の文化と先住民の文化の間には過去から積み重なった大きな壁が生まれている。アルコール中毒、近親相姦、暴力、権力の横暴、さらにはマヤの英雄たちに対する歴史的忘却、保護を受けられない子供たちの存在、出稼ぎに関する問題などが、彼女の作品では広範に語られる。彼女が差別の問題を取り上げるのは時間の問題だったのだ。

差別は、人間ならば有するはずの最低限の権利に対する侵害の中でも、その根源的な位置にあるものだ。差別という言葉はそれが内包する概念以上の広がりを持つ。それは多義的であり、様々なコンテクストに現れる。一般化された形をとるため、社会的、経済的、政治的な手続きの中にあっては見えなくなってしまう。だが、法的枠組みの中に現れる時、それはなおさら不可視のものとなる。それはとてつもなく深くまで根を張り、具体的な形をとる時も黙したままで、ただ人々に苦い思いだけを残していく。誰もその存在を想定していない場所では余計に猛威を振るい、誰からも助けてもらえないマイノリティーを格好の餌食とする。差別は実に様々な形で現れるのだ。であってみれば、ソル・ケー・モオが、先住民女性を扱った本作『女であるだけで』において、差別を中心的なテーマに据えることは何ら驚くべきことではない。この大変興味深い作品において、彼女は法的な視点から差別の問題にアプローチする中で、道徳が抱えるダブルスタンダードに対して辛辣な問いかけを行っている。この作品を完成させるため、彼女が大学において法学を勉強し直したという話も頷けるところである。彼女は法律関連の事務処理がどのように行われるのかを理解する必要があったのだと言う。法律関連の知識と語彙を身に着けた彼女は法的手続きをその内部から観察できるようになった。法に対してどれだけ誠実で忠実であっても、人は温情主義的なイデオロギーから逃れることはできない。法を執行する役割を担った行政組織であっても例外ではない。地球村から、より良い世界を科学的な方法で考えようとする思想家がいなくなってしまったこの時代に、この小説が紡ぎだす言葉は、暴力やハラスメント、無理解といった社会病理だけでなく、差別が横行する、先住民女性の世界を理解するための新しい思想的ビジョンを生み出す力となるだろう。

　一般論として、女性の歴史は主体的な個人としてのあらゆる領域における平等を勝ち取るための絶えざる闘いの歴史だ。その歴史はソル・フアナ・イネス〔十七世紀のメキシコの女性詩人・修道女〕からメキシコの女性が政治参加のための権利を認められる二十世紀まで続く。世界レベルではすでに強い要求が生まれていたが、実現するまでかなりの時間を要した。二十一世紀になった現在でさえ、完全に達成されているとは言い難い。憲法の条文においても、批准された協定や条約においても、メキシコの全ての女性が完全な形で平等を保障されているわけではない。女性の権利としての平等を達成する上で、法的制度はいまだ十分ではない。女性が除外されたり差別されたりする慣習がいくつも残っている。かてて加えて、法に訴えようとする時、女性は大きな問題に立ち向かわねばならない。その意味において、女性を取り巻く法的制度は不充分である。先住民女性に限って言えば、皆無に等しい。

一九四八年の人権宣言が採択された時でも、世界中の女性の殆どは政治参加の権利を持たなかった。選挙で投票したり、立候補したりすることは考えられてもいなかった。権利に関して言えば、まずは平等に扱ってもらえるようになることが重要であった。女性の政治的主張は、つねに一定にではないが、次第に高まってきた。だが、女性の権利を認めるためには依然として様々な障害が立ちふさがっている。その中のいくつかは規範がそもそも二重構造をなしていることに由来する。法律で定められた権利よりも慣習法による権利が優先されたり、世俗的な権利よりも宗教的な権利が尊重されたりするのだ。法律は立法議会によって修正される。だが、慣習法の修正は複雑だ。それは議員の力だけでは成しえない。

先住民女性に対する差別は、意外だが、植民地時代〔十六世紀〜十九世紀〕にその起源があるのではなく、むしろそれは先スペイン期〔十六世紀以前〕にまで遡る。もちろん、スペインによる征服が先住民女性の置かれた状況を悪化させたことは言うまでもない。植民地支配は女性がそれ以前に持っていたいくつかの権利を奪い取った。女性は共同体組織において重要な役割を果たしていたが、それも失われていった。また、先住民が土地を失ったことは明らかに生活の基盤が失われることを意味した。長く続くことになったこうした植民地制度が女性を従属的な地位に追いやった。女性は伝統の犠牲者に他ならない。たとえば、女性は自分の親や兄弟に対してつねに劣位に置かれる。女性に与えられる権利は男性に与えられる権利とは比べようもない。今日先住民女性が苦しんでいるこうした差別的な扱いの中には先スペイン期および植民地期のいずれにも起源があるものもある。女性は財産を相続することができない。結納金によって女性の金銭的価値が決まる。女性は父親や夫の命令に背いてはならない。女性は政治に口を出してはならない。こうしたしきたりは先スペイン期から続く伝統として女性に課せられるものだ。先住民集団によってはさらに様々な制約が付け加わる。

二十世紀の初頭、マヤの女性たちが受けている虐待を目の当たりにした二人のイギリス人考古学者アーノルド・チャニングとフレデリック・テーバーは『アメリカのエジプト――ユカタン旅行報告書』と題する報告書をポルフィリオ・ディアス将軍〔一八三〇～一九一五。約三十年にわたって大統領職にあったが、一九一一年のメキシコ革命勃発によってフランスに亡命〕に送っている。彼らはその報告書の中で、カスタ・ディビーナ（神の家系）と呼ばれた人たちの手によって女性たちが奴隷のような扱いを受けていることを告発していた。しかし、マヤの人たちが当時受けていた奴隷的な扱いを告発したのは彼らだけではなかった。米国人ジャーナリストのジョン・ケネス・ターナーは一九一一年、『野蛮なメキシコ』というエッセーをアメリカ合衆国において出版している。また、同じく米国人ジャーナリストのジョン・リードもマヤの人々が置かれた社会的な状況に関する記事をいくつも書いている。こうした記事に対してはメキシコ国内の州や全国レベルで数多くの批判が行われ、様々なレッテルが貼られた。だが、誰も先住民の状況を変えようとはしなかった。当然のことながら、女性が最も割を食っていた。アシエンダ（大農園）のペオン（賃金労働者）という形ではあったが、それが実質上の奴隷制度であったことは紛れもない事実である。女性労働者は夜が明けてから暗くなるまで、何の報酬も与えられずに働かされた。女性に食わせるのは夫の義務だった。労働者のことは農園主が一切を決めていた。女性の結婚相手も農園主が決めていた。さらに農園主は女性の処女を奪う権利さえ持っていた。女性が何人の子供を生むべきかは農園主が決め、時には自らの子供を産ませた。現在、大農園は消滅している。だが、女性の置かれた状況は変わっていない。多くの場合、農園主が夫に取って代わられただけなのだ。

先住民の女性はかつては何らかの権利を与えられていたにせよ、平等であることが認められないのは過去も現在も同じだ。社会的規範や慣習は明らかに女性に対して差別的なのだ。基本的な権利さえ与えられない。先住民共同体においては、法律の多くは慣習と噛み合わない。法律では、十二歳の少女は結婚できない。しかしながら、初潮が結婚できることの実質上のゴーサインである共同体も存在する。しかも、結婚する少女の意思は関係ない。慣習法という名の下にこうしたあり方を正当化することは、女性には権利が平等に認められないことを追認することを意味する。女性が置かれた状況はそれを認識するだけでは改善しない。告発し、根絶することが必要なのだ。

これこそが、ケー・モオが読者に届けようとする強いメッセージである。そこにイデオロギー的な主張は特にない。読者は、ただ主人公とともにストーリーの展開に流されていけばよい。オノリーナはあらゆる逆風に晒される。先住民、貧困、女性、出稼ぎ労働者、文盲、そして殺人罪。州知事による恩赦（本作の題材となった実在の女性の場合は、国際人権委員会の勧告によって恩赦が与えられている）で自由の身になり、臨んだ記者会見の場で新聞記者から容赦のない質問を受けた時、ある異議申し立てを行う。「それにあたしたちインディオの女は二重苦さ。インディオで女なんていったら、不幸の塊さ。だから、あたしたちが幸せになるなんてありえない」このせりふは決して目新しいものではない。ジェンダーの公平性を考えるフォーラムで何度も使われてきたものだ。先住民女性にとってこの言葉を発することの意味するところは大きい。オノリーナにとってそれは自らの現実を客体化することを意味する。だが、それは決して容易なことではない。先住民であるというアイデンティティは望まれない何かであり、しかもジェンダーも考慮に入れないといけない。なんとなれば、この二つはいずれも差別を生む大きな要因だからだ。

オノリーナが客体化した民族性とジェンダーは貧困によって繋がっている。彼女自身が言うように「貧困には醜い顔がある」その醜さは何もかもがないことに起因する。政治家は成果を可視化するため、貧困を表す様々な指標を作り出した。だが、結局のところ、貧困はいつまでたっても貧困なのだ。これは女性の問題とも不可分だ。ダイアナ・パース[3]は貧困の女性化〔貧困は弱者である女性に集積する〕という概念を用いて先住民女性が抱える問題を具体的に論じている。『女であるだけで』の中には貧困の悪に触れた部分がある。また、貧困の女性化で述べられていることも伝わってくる。資本主義的なアプローチで導入されたモデルで、貧困の縮小に成果を上げたものは一つもない。補償による救済は搾取そのものよりも貧困を加速させてきた。ネサワルコヨトル賞の受賞スピーチにおいて、ソル・ケー・モオは、農村社会で大規模に行われている支援プログラムは病気よりも酷い状態を生んでいる、と言って批判した。

支援はそれを受け取る人を侮辱するものです。受け取る人を与える人の劣位に置くものです。自分が必要なものを自分で作り出す力を奪い取ってしまいます。先住民の多くはこの支援プログラムのせいで先祖伝来の伝統や文化を失いつつある。ユカタン半島のマヤ社会では、農業労働者に対する支援プログラムによって男たちが働きに行かず、ハンモックに寝そべって過ごすようになったせいで、アルコール中毒や麻薬中毒が恒常的な社会問題になってしまっています。こうした状況でツケを払うことになるのは女性なのです。夫が何もせずにだらだらしているだけだから、子供の面倒を見るだけでなく、山に行ってトウモロコシを植えたり、薪を運んだり、本来なら男がやるべき作業を女がやらざるを得なくなります。これはすべて無分別と社会的無関心が原因で起こっているのです。

彼女は、この小説だけに限ったことではないのだが、先住民女性の状況に対する政治的責任を自らも引き受けようとする。彼女の作品の中に登場する女性は、ジェンダーの自覚に目覚める先住民であり、闘う女性であり、自らの夫を圧倒的なマチスモ〔男性中心主義〕から解放しようとする女性たちである。しかし、彼女の考えを最もうまく体現しているのは、オノリーナである。これは小説の主人公がドン・ガスパル・アルクーディアに向かって発した次の言葉に耳を傾ければ明らかになるはずだ。「あんたが悪いわけじゃない。私に謝らないといけない人は他にいる。あんたの手に負えるような問題じゃないんだ」だが、他の人とは一体誰のことなのだろうか。その答えはデリアの言葉にある。「彼女を犯罪者に仕立てたのは私たちみんなですから」マルクス主義的なキリスト教の福音が解放の神学において唱えた社会的罪は、ここでは毒矢に変わる。なぜなら、宗教的信仰は先住民女性が弱者である理由の一部だからだ。先住民女性の行動を律する規範の多くはカトリックの宗教に基礎を置いている。しかも、そのルーツは歴史を遡らねばならない。先住民女性たちが持っている規範を理解するにはカトリックの教義を知る必要がある。先住民の宗教的信仰は順応主義的であるという特質を持っている。それは彼らがカトリックの教えの中で同化し、先住民的なものの見方を発達させてきたからに他ならない。つまり、伝統と宗教的信仰が現代の先住民女性の生き方に深く染みついているのだ。であってみれば、このマルクスの阿片は、性別に関係なく、暴力や差別、人権無視といった事態に対する強力なプラシーボとなる。先住民女性は処女、妻、母という属性を持った神の御母マリアだ。すなわち、結婚相手にとっての処女、夫にとっての妻、子供にとっての母。このマリアの対極にあるのがイヴだ。イヴは順応を拒む。イヴは男と同じ権利を持ちたがり、夫との性的関係以上のものを求める。その意味でイヴは従順で純潔な女性の否定形だ。こうした観点から見れば、差別は、権利を侵害する行為というよりは、男の気休めでしかない。

オノリーナは社会の構造全体が生み出した犠牲者だ。彼女にとって、家庭内における男の暴力は当たり前のことだ。男もまた男性というジェンダーが生み出す犠牲者なのだ。歴史的に価値を貶められてきたというトラウマを持つ男たちは、男性というジェンダーが付与する力を誇示しようとする。最初は言葉の暴力を振るい、その次には身体的な暴力に訴える。それは、自らが真の男であることを示すためには、誰かを蔑まねばならないからだ。大抵は暴言でしかないが、男となることが彼らにとっての最大の勲章だ。それゆえ、男は女を所有し、その所有する女に対しては自分が望むことはなんでもする。自らの娼婦としたり、暴力を振るったり、他の男に貸すことさえできるのだ。結局のところ、オノリーナと夫のフロレンシオは、その根底においては、今や時代遅れとなってしまった制度の犠牲者なのだ。

1　Waldermar Noh Tzec, "Comentarios elementales acerca de la labor literaria de algunos escritores indígenas contemporáneos", *Antología de letras, dramaturgias, guión cinematográfico y lenguas indígenas*. Jóvenes Creadores. Generación 2008-2009.

2　Carlos Montemayor and Donald H. Frishmann（eds.）, *U Túumben K'aayilo'ob X-Ya'axche' / Los Nuevos Cantos de la Ceiba*. Mérida, Instituto de Cultura de Yucatán, 2009.

3　米国人社会学者。ワシントン大学上級講師。"The Feminization of Poverty：Women, Work and Welfare"（*The Urban and Social Change Review*. Vol. 11, p. 28-36. 1978）が「貧困の女性化」を論じた最初の論文。

訳者あとがき

吉田栄人

本書『女であるだけで』（*Chéen tumeen x ch'uupen / Sólo por ser mujer*, 2015）は、メキシコ文化省の下部機関ＣＯＮＡＣＵＬＴＡが先住民文学発展のために一九九三年より実施しているネサワルコヨトル賞を二〇一四年度に受賞した作品である。作者のソル・ケー・モオは、二〇〇六年に「闘牛士」（水声社刊『穢れなき太陽』に所収）で、ユカタン大学が実施する文学コンクールの先住民文学部門のアルフレド・バレラ・バスケス賞を受賞して以降、幾度も同賞を受賞し、州内ではもはや彼女の右に出る者はいない状態となり、彼女は狙う文学賞のレベルを徐々に引き上げていく。まず最初がメキシコ国内の先住民作家を対象としたネサワルコヨトル賞だった。ネサワルコヨトル賞は創設時は先住民文学に多大な貢献があった者を表彰するためのものだったが、二〇〇〇年以降は応募作品から選考される形式に改められている。なお先住民文学に関しては、すでに出版された作品の中から何かの文学賞の選考が行われることはほとんどない。いくつもある現在の先住民文学賞は出版助成を兼ねており、出版に値する作品の掘り起こしを目的としている。だがそれは、先住民文学が民族文化的な伝統を記録するフォークロアから、作家間で作品に対する評価を競い合う文学のステージにすでに突入していることをも意味する。ソル・ケー・モオの実質的な文壇デビューは二〇〇八年の『テヤ、女の気持ち』(*X-Teya, puksi'ik'al ko'olel / Teya, un corazón de mujer*) だが、この作品で彼女は、初めて小説を書いた女性の先住民作家として脚光を浴びる。その頃から彼女は、自分はノーベル文学賞を最終目標に掲げて執筆を行っているのだと公言するようになる。なぜ彼女がそういうことを言うようになったのか、またそのきっかけは何だったのかについて彼女自身公に明確にしているわけではない。だが、彼女にとってネサワルコヨトル文学賞が、ノーベル文学賞へと繋がる彼女の壮大なプロジェクトにおける一つのステップになったことだけは事実だ。彼女が次に狙いを定めたのは南北アメリカ先住民文学賞（ＰＬＩＡ）だ。これはメキシコのグアダラハラ市で開かれる南米最大のブックフェアにおいて授与される南北両アメリカの先住民作家を対象とした文学賞である。彼女は二〇一九年、『失われた足跡』（*Sa'atal máan / Pasos perdidos*）でこの賞を射止めている。次はいよいよ「先住民」というカテゴリーを外したスペイン語圏の文学賞になるはずだ。

ソル・ケー・モオはメキシコ、ユカタン州カロットムル町出身のユカタン・マヤ語話者である。出生年に関してはウィキペディア（英語版 一九六八年、スペイン語版 一九七八年）等で誤った情報がいくつも流布している。また、私自身『穢れなき太陽』で一九六八年生まれと書いてしまったが、実際には一九七四年生まれである。彼女は様々なインタビューの中で自分の過去について語っており、それを読む限りでも、彼女自身の経験が彼女の作品に様々な影響を与えていることは想像に難くない。彼女は十六歳で高校を中退して結婚し、三児の母となるのだが、「生娘エベンシア」（『穢れなき太陽』所収）の中で描かれるエベンシアのように、勉強することを完全に諦めねばならなかったわけではない。むしろ、二児の出産後、二十歳で高校に入り直して以降、ずっと勉学と仕事に専念してきた。それができたのは、医師である夫の理解と経済的なサポートを得られる恵まれた環境にあったからなのかもしれない。だが、彼女に言わせれば、それは自分自身のためというよりは、自分の信念のためであり、それゆえに彼女は自分の健康や快楽はもとより、家族をすらも犠牲にしてきたのだ。その意味では、抑圧を受ける女性を描いた彼女の数々の作品はもとより、ノーベル文学賞を視野に入れた彼女のプロジェクトは彼女の信念の観点から理解しなければならない。つまり、彼女の作品は彼女自身の個人的な経験をはるかに超える倫理的なある眼差しによって貫かれているのである。彼女は冗談交じりに言う。「私はいつも下を見ないで上ばっかり見て歩くから、よくものにけつまずいて転ぶのよ」父からは「上を向いて生きろ」と厳しく言われて育ったのだそうだ。さらに言えば、彼女にとって文学は、必ずしもそれ自体が目的なのではなく、彼女の信念を具体化するための一つの手段である。女性がある社会的な目標を掲げた時、それを一人で実現することは不可能に近い。しかも多くの道は女性に閉ざされている。だが、文学は違う。彼女にとって文学は自分の信念を表現する媒体であるだけでない。文学、とりわけ作品に与えられる文学賞は、彼女がある信念に基づいた行動をとるための手段ないしは手がかりを提供するのだと言う。作家にあるまじきあさましさと思うなかれ。上だけを見る信念こそが彼女の執筆の原動力であり、文学的想像力の源なのである。ある文学賞を狙ってそれを実際に取るには、審査員を出し抜くような独創的な発想が必要だ。読者としては、次にどんな作品が出てくるか、実に楽しみではないか。

ソル・ケー・モオの夫フェリペ・エルナンデスが書いた解説によると、彼女は『女であるだけで』を完成させるために法学部に入学した。『穢れなき日』(*Dia sin mancha*, 2011『穢れなき太陽』所収)出版の翌年二〇一二年のことだ。彼女がいかなる理由で『女であるだけで』を執筆することになったのか、私は知らない。ただ、彼女は二〇〇六年にマヤ語の通訳養成講座を受講し、二〇〇七年には国立先住民言語庁から医療及び司法部門の通訳士の認定を受けている。もしかしたらこの過程のどこかで、『女であるだけで』のモデルとなった先住民女性に対する裁判のことを知ったのかもしれない。だが、『女であるだけで』はその裁判だけをモデルにして書かれているわけではない。そこには先住民女性が抱える様々な現実とそれに対する作者の考えが深く織り込まれている。特に主要な登場人物の中でも、主人公オノリーナ・カデナ・ガルシーアと彼女に自立することを教えるドニャ・プリミティバの姿は『タビタ他、マヤの物語』（*Tabita y otros cuentos mayas*, 2013『穢れなき太陽』所収）に登場する女たちのそれと見事に重なる。その意味で、『女であるだけで』は『タビタ他、マヤの物語』のテーマを発展させたものであると言っても過言ではない。『タビタ他、マヤの物語』の出版が二〇一三年であることを考えれば、おそらくその執筆の段階ですでに法学の勉強を始めていた、あるいはその必要性を感じていた彼女の頭の中では、両者は完全に繋がっているはずである。さらに言えば、その原点は『穢れなき日』（二〇一一年）にまで遡ることができる。そこに共通するテーマは伝統文化による女性の抑圧と人権である。より広義には社会的正義であると言っても構わない。ただそこまで広げてしまうと、彼女の作品全てが入ってしまう。処女作の『テヤ、女の気持ち』は一九七〇年代にユカタン州で労働組合運動を指導した共産党員弁護士の暗殺を扱ったものであり、まさに社会的正義を題材としていた。また、二〇一一年の歴史小説『太鼓の響き』(*T'ambilak men tunk'ulilo'ob / El llamado de los tunk'ules*) はスペインからの独立後の十九世紀に先住民のために戦った白人の軍人を描いたものであり、ここでも社会的正義が大きなテーマとなっている。だが、『穢れなき日』以後はその社会的正義が女性の問題に絞られてくるのだ。

『穢れなき日』はマヤ村落における村祭の一日を描いたコストゥンブリスタ(風俗描写)的な作品であるが、その中にソコロという一人の娘が登場する。中学校の卒業を前に先生から高校進学を強く勧められるが、村のしきたりを理由にそれを断り、花嫁修業に入る。本当は大学まで行って勉強がしたかった利発な彼女は、自分が置かれた現状に鑑みれば、勉学を続け、さらにそれを活かす仕事につく道は自分には閉ざされていると考えるのだ。だが、ソル・ケー・モオはソコロにこうも言わせる。

もしかしたら、どこか別のところだったら、違うかもしれないけど、ここに暮らしてる私たちはずっとそうだったんです。変わるとは思えません。

少なくとも、今は。

ソル・ケー・モオは、ソコロには女性の希望を奪う社会的な伝統を受け入れさせるが、そのようなものは変えるべきであるという彼女の信念をこっそりとソコロに語らせるのだ。

『穢れなき日』は彼女が書いた「ミラ」という十二章からなる未完の作品の一部らしいのだが、それだけを出版した理由について私が訊ねると、彼女はソコロと同じように結婚させられた自分の親戚の例を挙げながら、正義のためだと答えた。そして、それを読んだ女性の中には涙する者がいたとも付け加えた。

『穢れなき日』はマヤの伝統的な村落を牧歌的に描いた、「西洋」の読者を意識したような作品であるが、その実は、マヤの伝統文化を美化して描こうとする先住民作家たちの作品では決して語られることのない「穢れ」すなわち伝統による抑圧を描いたものだ。それはおそらくは、美しいマヤの伝統文化の裏で抑圧されている人々が存在することを、人びとに認識してもらうことを目的としていたのだ。

『穢れなき日』の中の女性たちは社会的伝統を曲がりなりにも受け入れている。『穢れなき日』は「穢れ」の存在を暗に匂わしているだけであり、その全貌を明らかにしているわけではない。マヤ社会に潜む穢れそのものを題材にしたのが、『タビタ他、マヤの物語』と『酒は他人の心をも傷つける』（*Kaaltale', ku xij-kunsik u jel puksi'ik'alo'ob / El alcohol también rompe otros corazones*, 2013）だ。『タビタ他、マヤの物語』では「村の娘タビタ」「生娘エベンシア」「老婆クレオパ」、さらには「見張りを頼まれた悪魔」の中のイノセンタ、この四人の女性たちの生きざまを通して、女性というジェンダーにのしかかる社会的な抑圧及び不正義が暴露される。だが、ソル・ケー・モオはマヤ先住民女性が置かれた悲惨な状況を単に告発するだけでなく、伝統そのものが自らの力では変えられないような状況下において女性はどのように生きればよいのか、いくつかのお手本を示そうとする。その中でエベンシアには、夫が彼女に対して暴力を振るうことに対して徹底して抵抗させる。夫に殴られたエベンシアは、逆に夫を棒で打ち付け、「私にまた手を上げてごらん。こんなもんじゃ済まないからね。私は刑務所に入れられたって構いやしないんだ。あんたを殺そうと思ったら、絶対に殺してやるからね」と息巻く。「生娘エベンシア」ではその後、夫は大人しくなるので、彼女の言葉はただの脅しで済む。この程度のことで父権制的な制度が解消されるのであれば、女性がジェンダー問題で苦しむことはない。エベンシアの生き方は女性にとっての一つのロールモデルではあるかもしれない。しかし、それは全ての女性が実行できるわけではないし、また実行できたとしても成功する保証はない。実際に夫を殺してしまったらどうなるのか。この物語に共感する女性は考えねばならないはずだ。それに対する一つの回答としてソル・ケー・モオが用意したのが『女であるだけで』である。あるいは「生娘エベンシア」は、『女であるだけで』という物語を展開するための一つの伏線だったのかもしれない。

かなり長い回り道をしてしまったが、話を元に戻そう。以上の観点からすると、『女であるだけで』の主人公オノリーナは夫を殺してしまったエベンシアである。エベンシアはそもそも「私はスズメバチなんだ。だから、私は怒らせない方がいい」と言うほどに気の強い女性だ。その言葉は常に上を向いて歩く作者のソル・ケー・モオ自身を彷彿とさせる。だが、オノリーナは伝統のしがらみを生きる、しかも気の弱い女なので、自分から棒を振り上げることなど思いもよらない。そこで、『女であるだけで』においては、オノリーナに抵抗を教唆する役回りがドニャ・プリミティバに割り振られる。ドニャ・プリミティバはオノリーナに対して、まさしく「スズメバチにならなきゃだめだよ。もっと目を開けなさい。あんたの旦那だっていうあの性悪の男に完全にやられてるじゃないかい」と言って抵抗することを教える。つまり、ドニャ・プリミティバはエベンシアの分身なのであり、彼女に啖呵を切らせる作者のソル・ケー・

モオ自身でもあるのだ。女であるだけで、さらには先住民の女であるだけで、もっと言えば、それらがもたらす不利益をカバーするだけの経済力を持たない貧困者であるがゆえに、社会システムによる抑圧、差別、搾取という暴力に曝され、そして何より身体的な暴力を甘受し続けねばならないオノリーナのような女性が希望を持って生きられる社会的正義とは一体いかなるものなのか。ソル・ケー・モオは本書を通して、それを私たち読者に問いかけているのだ。

いわゆる先住民文学では読者の琴線に触れるようなせりふを登場人物に吐かせることはほとんどない。ところが、ソル・ケー・モオが書く小説にはそれがある。『テヤ、女の気持ち』にしても『太鼓の響き』にしても、そしてこの『女であるだけで』にしても、読者にほろりとさせるせりふがある。感情移入のできる人物がいて、その人の立場に立ってそれまでのストーリーの展開を思い返すと、思わず涙が出てしまうようなせりふが終盤に用意されているのだ。これらの作品が読者の涙を誘うのには一つの共通点がある。それは共に闘ってきた友との別れに対する悲しみだ。

最後の別れ際、今や一人の友人である弁護士のデリアが、オノリーナに向かって、このままここに残らないかと言った。つややかした頬の彼女は今にも泣き出しそうな顔をしている。「行かないで、オノリーナ」彼女が涙声で言った。

たったこれだけのせりふで彼女らの闘いすなわち小説のすべてが蘇ってくる。このせりふ、さらにはそれが誘発する涙によって彼女らの闘いは読者の心に深く刻まれる。ソル・ケー・モオの作品はそうした読者の心理を緻密に計算して練り上げられた文学なのだ。ソル・ケー・モオの作品を先住民文学と呼ぶこと自体がすでに間違っているのかもしれない。彼女の小説はユカタン・マヤ語という先住民言語で書かれた普遍文学なのだ。少なくとも、マヤの伝統について語ることは自分の役目ではないと断言するマヤ先住民の新しい文学だ。

本書はメキシコ政府の翻訳出版助成プログラムＰＲＯＴＲＡＤより資金的支

援を受けたものだ。この場を借りてお礼を申し上げたい。また、本書の出版を快く引き受けてくださった国書刊行会、とりわけ助成金の申請では親身にお手伝いいただき、また文章の推敲でも懇切丁寧にアドバイスを頂いた編集部の伊藤昂大さんには心からお礼を申し上げる次第である。

ソル・ケー・モオ　Sol Ceh Moo
小説家、通訳者。1974年、メキシコ合衆国ユカタン州カロットムル村に生まれる。ユカタン自治大学教育学部卒業後、メキシコ文化芸術基金（FONCA）のスカラシップを得て文学の勉強を始める。2012年には法学部に入り直し、人権に関する知識を養う。2018年に法学修士号を取得。主な小説に『テヤ、女の気持ち』（2008年）、『太鼓の響き』（2011年）、『女であるだけで』（2015年、ネサワルコヨトル賞）、『グデリア・フロール、死の夢』（2019年）など、また詩集には『ヴァギナの襞に書いた詩』（2014年）、『処女膜の嘆き』（2018年）、『神々の交接』（2019年）がある。2019年に『失われた足跡』（未刊）で南北アメリカ先住民文学賞を受賞。

フェリペ・エルナンデス・デ・ラ・クルス　Felipe Hernández de la Cruz
歯科医。1955年、メキシコ合衆国タバスコ州ウィマンギージョ市に生まれる。ユカタン自治大学卒業。現在は20世紀のメキシコ国内における先住民の社会運動を中心とするマイクロヒストリーに関する調査研究に従事。ユカタン自治大学付属高校で社会史の教鞭をとる。

吉田栄人　ヨシダ シゲト
東北大学大学院国際文化研究科准教授。1960年、熊本県天草に生まれる。専攻はラテンアメリカ民族学、とりわけユカタン・マヤ社会の祭礼や儀礼、伝統医療、言語、文学などに関する研究。主な著書に『メキシコを知るための60章』（明石書店、2005年）、訳書にソル・ケー・モオ『穢れなき太陽』（水声社、2018年。2019年度日本翻訳家協会翻訳特別賞）。

Esta publicación se realizó con el apoyo de la Secretaría de Cultura del Gobierno Mexicano a través del Fondo Nacional para la Cultura y las Artes con el estímulo del Programa de Apoyo a la Traducción（PROTRAD）2018.
本書はメキシコ政府文化省による2018年度CONACULTA翻訳助成プログラム（PROTRAD）の助成を受けたものである。

女（おんな）であるだけで

ソル・ケー・モオ　著
吉田栄人　訳

2020年2月20日　初版第1刷　発行
2020年6月20日　初版第2刷　発行
ISBN　978-4-336-06565-0

発行者　佐藤今朝夫
発行所　株式会社国書刊行会
〒174-0056　東京都板橋区志村1-13-15
TEL　03-5970-7421
FAX　03-5970-7427
HP　https://www.kokusho.co.jp
Mail　info@kokusho.co.jp

印刷　三報社印刷株式会社
製本　株式会社ブックアート
装幀　クラフト・エヴィング商會（吉田浩美・吉田篤弘）

乱丁・落丁本はお取り替えいたします。

21 世紀の新しいラテンアメリカ文学シリーズ

新しいマヤの文学

全 3 冊

吉田栄人＝編訳

メキシコのユカタン・マヤの地で生まれた、マヤ語で書かれた現代文学。これまでほとんど紹介のなかった、代表的なマヤ文学の書き手たちによる作品を厳選し、《世界文学》志向の現代小説、マヤの呪術的世界観を反映したファンタジー、マジックリアリズム的な味わいの幻想小説集を、日本の読者に向けて初めて紹介する新しいラテンアメリカ文学シリーズが、ついに刊行開始！

女であるだけで

ソル・ケー・モオ

メキシコのある静かな村で起きた衝撃的な夫殺し事件。その背後に浮かび上がってきたのは、おそろしく理不尽で困難な事実の数々だった……先住民女性の夫殺しと恩赦を法廷劇的に描いた、《世界文学》志向の新しい現代ラテンアメリカ文学×フェミニズム小説。 ISBN：978-4-336-06565-0

言葉の守り人

ホルヘ・ミゲル・ココム・ペッチ／装画：エンリケ・トラルバ

「ぼく」は《言葉の守り人》になるために、おじいさんとともに夜の森の奥へ修行に出かける。不思議な鳥たちとの邂逅、風の精霊の召喚儀式、蛇神の夢と幻影の試練……呪術的世界で少年が受ける通過儀礼と成長を描く、珠玉のラテンアメリカ・ファンタジー。 ISBN：978-4-336-06566-7

夜の舞・解毒草

イサアク・エサウ・カリージョ・カン／アナ・パトリシア・マルティネス・フチン

薄幸な少女フロールが、不思議な女《小夜》とともに父探しの旅に出る夢幻的作品「夜の舞」と、死んだ女たちの霊魂が語る苦難に満ちた宿命と生活をペーソスとともに寓意的に描く「解毒草」の中編 2 作品を収録した、マジックリアリズム的マヤ幻想小説集。 ISBN：978-4-336-06567-4

各巻本体価格：2400 円＋税

四六変型判（178 mm × 128 mm）・上製

装幀＝クラフト・エヴィング商會（吉田浩美・吉田篤弘）